ボロボロのエルフさんを幸せにする薬売りさん
Dying elf & apothecary

CONTENTS

Dying elf & apothecary

序　暗闇からの祈り

カエリタイ

——帰りたい

オウチ　ニ　カエリタイ

——帰りたいよぉ

オウチ　カエリタイ

——痛いよぉ……苦しい、よぉ

カエリタイ　カエリタイ　カエリタイ　カエリタイ

——指も腕も足も目も口も胸も背中もあぁもうなにもかも

オウチ……

——痛くて痛くて痛くて痛くて痛くて痛くて痛くて……っ

ワタシ　ノ　オウチ

——もう、いやだよぉ……

ドコ？

――ここはどこなの

オウチ　ドコ？

――真っ暗で、なにも見えない

カエ　リ　タイ

――帰りたいよぉ

オウチ

――おうちに帰りたいよぉ

ワタシ……ノ　オウチ

――でも

オウチ……

――でも、もう。なにも、見たくない

オウチ　ニ　カエリタ　イ……

――もうなにも、思い出したくないの…………

第一話

ボロボロのエルフ

貴女《あなた》と出会った日のことを。きっと私は、生涯忘れることはないでしょう。

＊＊＊

山一つ離れた街への買い出しの帰りは、毎回大荷物だ。

田舎《いなか》の小さな集落で薬売りとして工房を営む私にとって、こうした場に来なければ手に入らない物があまりにも多い。同じ集落に住む馴染《なじ》みからもついでのお遣《つか》いとして頼まれている物もあるため、できるだけ素早く見て回る必要がある。

（さて。今日はどこから回るか——）

事前に書き出しておいたリストを見つめながら、通りを歩いていたときだった。

「お。薬売りさんじゃないか」

そう声をかけてきたのは、質屋の主人だった。以前、たまたま店の前を通りかかったときに、腰を傷《いた》めて立てなくなっており、手持ちの湿布《しっぷ》を分けてやったことがある。それで、顧客でもないのに覚えていたのだろう。「はぁ」と頷《うなず》き、私はそちらに足を向けた。いったいなんの用なのか——首を軽く傾《かし》げると、縛った短い後ろ髪がひょこりと揺れた。

「どうかしましたか。また腰の調子でも」

「いや、そうじゃなくてね。ちょうど良いところに来てくれたよ」

ちょいちょいと手招きをされ、店内に入る。幸い、街に来たばかりでまだ荷は軽い。主人は私が店に足を踏み入れたのを確認すると、そのまま奥へと入っていった。

「用件はなんでしょう」

「いやー、あんたならアレを活用してくれそうだからね。ちょっとこっちに来てくれ」

店の奥は、商品倉庫のようだった。訝《いぶか》しみながらも進むと、困った顔をした店主が「実は、お偉いさんから厄介なモンを押しつけられちまってね」と扉を開けた。

埃《ほこり》っぽい空気に、鼻がむずむずする。扉の外から差し込んだ光で、空気中のごみがちらちらと輝いて見えた。

そして。

「……っ」

そこにあったもの——いや。いる人を見て、思わず絶句する。

金色の髪。翡翠《ひすい》色の瞳。抜けるような白い肌に華奢《きゃしゃ》な身体。

それは、エルフの娘だった。

エルフは森に生きる長命種族であり、縄張り意識の強さから滅多《めった》に表へと出てくることはない。

そもそも、八十年前に起きた戦争をきっかけに大陸に住む五種族は互いに敵愾心《てきがいしん》を抱きながら生活しているということもあり、イルダ人《人間》とエルフも友好的な関係とは決して言えない。それどころか、イルダ人の中には、エルフを奴隷として売買する商人や貴族がいるという噂もあった。

質屋の主人も、大した感慨《かんがい》もなく「コレね」と言った。

「散々、弄《もてあそ》ばれて捨てられたエルフだ。バラせば薬なんかの素材になるらしいけど、そんな伝手《つて》はなくてね」

どう、いる？

軽い調子で訊《たず》ねられたその言葉に、すぐに返事をすることができなかった。

目の前のエルフは、少し見ただけでも酷《ひど》い有様だった。ほとんど布切れのようなボロをまとっただけの身体はあちこちに深い傷があり、両手両足の全てに包帯が巻かれている。彼女は、部屋に入ってきた私たちを一瞥《いちべつ》することもなく、ただ俯《うつむ》いていた。

「……ちょっと失礼」

そっと目の前に跪《ひざまず》き、指先に魔力《マナ》で光を灯《とも》して、簡単に診察することにした。

包帯の上からそっと触れる。通常の肌ではあり得ない――ぐにゅりとした感触。おそらく包帯の下は、壊疽《えそ》が進んでいる。慎重に手を取り、緩《ゆる》んだ包帯の先から覗《のぞ》く指を見ると、剝《は》がされたのか、爪がなく膿《う》んだ傷口が見えた。

全身に、ミミズ腫《ば》れを起こしてぷっくりと膨《ふく》らんだ鞭《むち》の痕《あと》――いや、それどころか傷口が抉《えぐ》れている部分さえある。胸の中央には、大きな挫創《ざそう》がぎちぎちと鉤裂《かぎざ》きになって、斜めに走っている。

指で、乾いた唇をそっと押し開く。口内を確認すると、ぽかりと赤黒い穴ばかりで、奥歯以外の歯が失われていた。

更に分かることと言えば――今こうして照らしている間も光への眼球反応はなく、視力も失っているのだろう。そもそも、左眼球にいたっては物理的に消失し、暗く膿んだ穴があるのみだ。

白い頰には、鋭い刃で傷つけられたような、大きな切り傷。それ以外にも顔のいたるところや細い首筋に、青黒い痣《あざ》が暴力の痕として強く刻み込まれていた。

なんて、惨《むご》いことを。

「もしもし……聴こえるかな？」

驚かせないよう、できるだけ声を柔らかくして話しかけると、辛《かろ》うじて耳が動いた。聴力はあるようだが、エルフの特徴である長く尖《とが》った耳は、両方とも大きな穴を空けられていた。穴の周辺は黒く焦《こ》げている。よほどの熱を持ったなにかで、抉られたような。

（酷いな……）

外面がこれだけの傷を負っていて、内臓だけが無事ということもあるまい。もし私が処置や保護をしなければ、この娘《こ》は——。

（……ん？）

ほんの微《かす》かに、声が聞こえた。ぼそぼそと聞こえてくる声に耳を澄ますと、たどたどしい口調で語られるその言葉の意味がようやく分かった。

「オウ……チ……オウチ。カエ……タイ……」

——おうちに帰りたい。

「……ッ」

店主と。そして目の前の娘がいなければ、壁を殴っていたかもしれない。それくらいの怒りが、腹の奥からぐっとせり上がってきた。

おそらくこの娘はいたずらに傷つけられた上に、エルフの身体を素材とした万能薬作成の被験者にされたのであろう。彼女の欠けた身体が、それを物語っている。そんなデタラメな噂話のために、「家に帰りたい」というささやかな願いを何度踏みにじられたのか。

「で、どう？　要《い》らなきゃ、他を当たるよ」

店主の口調は軽かった。この店主はおそらく良心から薬売りである私に声をかけたのだろう。

──彼女《コレ》を、薬の材料として欲しくないか？　と。

以前、世話をした礼のつもりなのかもしれない。この主人が特別に冷酷なわけではない──イルダ人の多くにとって、エルフやビーセリア人《獣人》などの異種族人は、そういうものなのだ。食料にできたり農作業の役に立ったりする分、牛や馬の方が価値を置かれるほどに。

この娘《こ》の、命は。いったい幾らの値段を付けられているのか。

──吐き気がする。

「引き取ります」

私ははっきりと答えた。

「ちょうど薬に必要な部位は無事そうなので。手数料も多めに払うので、ご内密にお願いします」

店主はあくまで「薬の材料」として彼女を扱っている。ならば、表向きだけでもそれにのるのが彼女のためでもあった。いらない詮索《せんさく》を招くこと、耳目《じもく》を集めること。それらを、できるだけ避ける。腸《はらわた》が煮え繰り返る思いを抑え込んで、支払いを済ませる。手続きは、呆気《あっけ》ないほどに早く済んだ。

「いやぁ良い取引ができて助かったよ。奴隷屋はキライだし、ウチで死なれてもねぇ」

約束通り、手数料を多めに払ったからか、店主はべらべらと調子良く喋《しゃべ》っていた。実際、売れる前に死なれては困ると心配だったのだろう。良くも悪くも素直な店主に、「はぁ」と曖《あい》昧《まい》に頷《うなず》く。

無駄話に付き合う余裕はなかった。できるだけ、処置を急ぎたい。

私は――彼女を、助けたかった。

私と同じイルダ人に傷つけられた彼女。差別というなくならない悪習により、帰ることすらできなくなった彼女を助ける。身に着けた、薬師《くすし》としての技で。

それが私にできる精一杯のことであり――一種の罪滅ぼしになるような、そんな気がした。

「あんた、山向こうから来てるんだろ。街道通って帰るなら、馬車を呼ぶかい」

「あ、いえ。清潔な布を数枚、ベルトや麻紐《あさひも》、あとで返すので背負子《しょいこ》も貸してください」

途端、店主は「ハァ!?」と頓狂《とんきょう》な声を上げた。目を瞬《しばたた》かせ、私と椅子に座らせた娘を交互に見る。

「背負子ってあんた……ソレ、背負って帰る気か！」

「ええ。先を急ぐので」

驚きこそすれ、店主はすぐに言ったものを用意してくれた。「返すのはいつでもいいよ」と言ってくれさえする。礼を言いつつ、手早く準備を進めていく。

背負子はあくまで荷物を運ぶための道具だ。彼女の身体に負担がかからないよう、座面と背もたれとなる背面に柔らかな布を敷く。これで多少、衝撃が和《やわ》らぐだろう。

「ちょっと、失礼しますね」

そうエルフの娘に声をかけて、街へ向かう最中に着ていた厚手のローブを上から羽織らせた。丈夫なことが取り柄のごつりと固い生地《きじ》で、素肌にはあまり心地よくないかもしれないが——仕方がない。明るい金色の細く長い髪に、エルフの特徴の一つでもある翡翠色の瞳、そして露《あら》わすぎる服装は、そのままでは人目を引いてしまう。好奇の視線から彼女を守るため、私はフードを目深《まぶか》に被《かぶ》せた。

「ウ……」

「身体を、落ちないよう固定しますから。怖いことはしないですからね」

彼女がどこまでこちらの言葉を理解しているか——分からなくとも、言葉はできるだけかけながら作業は行った。反応は、ない。

(この状況を……どう、認識しているんだろうか)

目が見えない彼女にとって、身体に触れられることは恐怖に繋がりかねない。しかし実際には、表情は一切変わらず、そこに恐れも安堵《あんど》も見えない。

(そうか)

力加減に気を配りつつ、固定用の布を結びながら、私は歯噛みした。奥歯が、ぎりっと嫌な音を立てる。

(この娘《こ》は……物として扱われることに、慣れすぎてしまっているんだ)

質屋を出た後は、買い出しは最小限で済ませた。頼まれたお遣い品は買えなかったが、仕方がない。馴染みには後で謝るとして、今はとにかく急ぐ必要があった。

本来なら、集落と街への行き来には山を迂回《うかい》した街道が用いられる。

自分の足なら、山を直接越えてしまった方が早い——そう判断し、私は彼女を背負ったまま、山を登り始めた。幸い、魔物に出くわす心配も少ない山だ。

「多少揺れるかもしれませんが、もう少しの辛抱《しんぼう》ですからね」

背中越しに声をかけるが、もちろん返事はない。ただ、ブツブツと小さな呟きだけは続いている。私は背負子の肩紐を締め直し、山道を歩きだした。

なだらかな勾配《こうばい》を、一定の歩幅とペースで進んでいく。山は静かで、風が吹くと汗ばんだ肌に心地よかった。歩く度、落ちて積もった葉が地面でざくりざくりと軽快な音を立てる。

街を出たのは昼過ぎだったので、今日中に工房まで帰るのは厳しいだろう。急いではいるが、無理をすべきではない。

背中の彼女の身体に負担をかけないためにも、休憩は必要だった。ずっと背負子に縛りつけられたままでは、鬱血《うっけつ》や血栓《けっせん》を起こさせてしまうかもしれない。ただでさえ痛々しい身体をしている彼女に、これ以上の辛《つら》い想いはさせたくなかった。休み休み、進んでいく。

（——そろそろ、日が沈んできたな）

そう気がついたのは、山頂付近まで来たときだった。周囲の景色が朱色に染まり、遠くの空から暗くなっていく。

（ここまで来たら、朝に出れば昼前には帰れるか）

大荷物を背負いながら、夜間の足元が危ういときに進むのは事故のもとだ。やや開けた場所を見つけると、わたしはそこに背負子を降ろした。

「布、外しますね」

今日何度目かになる声かけをして、固定を解く。立つことのできない彼女をそっと抱き上げると、エルフの特徴である骨格の華奢さも相《あい》まって、ひどく軽く感じた。

「ン……アァ……カエ、ル……」

「今日は、ここで休みましょうね。今、食事を作るので。ここでちょっと待っていてください」

太い木の根元に座らせると、彼女は変わらずぼんやりと表情なくそこにいた。それでも、質屋の倉庫にいたときよりずっと、様《さま》になっているから不思議だ。

（エルフは古来、深い森に暮らすというし……そのせいかな）

鍋をぐるぐると掻き混ぜながら、益体《やくたい》もないことを考える。そう思うと、無に見えた表情も、心なし和《なご》んでいるような気がしてきた。

鍋と共に事前に荷物に入れておいた米、芋、卵、それに街で買い足した塩と香料を加え、煮込んでいく。粥《かゆ》と言えるほど立派な代物《しろもの》ではないが、あの口内では咀嚼《そしやく》するのも難しいだろう。

できるだけ柔らかく、そのまま飲み込んでも問題ないくらいの柔かさを目指す。

くつくつと煮ていると、娘の鼻がすんと鳴った。匂いは感じているのかもしれない。身体つきを見る限り、今のところ栄養状態が極端に悪いようにも感じない。飢餓状態にいきなり栄養を送り込むと、かえって危険なこともあるため、その点では安心して食べさせられる。

「食事です。ゆっくり食べて大丈夫ですからね」

皿に入れた粥もどきを、匙《スプーン》ですくう。米や芋の形はほとんど残っておらず、ねっとりとしていて、これなら誤嚥《ごえん》の心配も少ない。湯気が立っているので、くるくると掻き回して多少冷ましてから、そっと口元へと運んだ。匙の先が口元に触れると、娘は口を小さく開いた。そこに、そっと粥を流し込む。

「フ……っう」

「大丈夫ですか？　まだ熱かったですか」

エルフの娘の目が、涙ぐむ。冷ますのが足りなかったか？　――ただ、口はもぐもぐと動いて、飲み込むこともできたようだった。様子を窺《うかが》いながら、今度は慎重に冷まし、また一口。

「……美味《おい》しいですか？」

もちろん、返事はない。しかし、娘が粥を食べる動きが止まることはなかった。しっかり食事をしてくれる。これは、娘に会って初めて感じた喜ばしさだ。ただ、内臓――特に消化器官に不安はまだあるため、一旦は様子見だ。

「今日は、このくらいにしておきましょうね」

皿の半分ほどによそった皿が空《から》になったところで娘にそう告げ、口元を柔らかな布で拭《ぬぐ》ってやった。瞬《まばた》きの少ない翡翠色の大きな瞳からまた一つ、ぽろりと涙が溢《あふ》れて地面に落ちた。


早く処置をしなければ——その不安が的中したのを知ったのは、夜のことだった。

日がすっかりと落ち、暗闇に包まれた森の中で、娘は呻《うめ》きだした。はぁはぁと浅く息をし、頬に触れると異常な熱さだ。

「ア……アァぁ……っ」

（熱か）

それも、かなりの高熱だ。熱そのものが身体に致命的なダメージを与えることは少ないが、少なくともただでさえ弱っている娘の身体に疲労が蓄積することになる。なにより熱が上がる原因——なにかしらの異常事態が起こっているという証左《しょうさ》でもある。

（疲労そのものが原因か……それとも、これだけの傷だ。炎症を起こしてるのか、雑菌による感染症が臓器に回っている可能性も……）

観察しながら、ギリッと歯嚙みする。山中《ここ》でできることなんて、限られている。ただでさえ、自分は薬売りであって医者ではないのだ。

（最悪……手足を切断するほかないかもしれない）

彼女の負った損傷の中で、一番の重症部位は四肢の壊疽だ。もし感染症が起こっていたとして、その原因となっている可能性は捨てきれない。

「とにかく、対処療法でもやるしかない」

解熱《げねつ》と抗菌。この二つを柱に、手持ちの材料と山に自生してる植物を使って飲み薬を調合する。解熱、鎮痛、消炎作用の期待できるニワトコと、同じく解熱作用のあるルリジシャが近くで見つかったのは幸いだった。薬を細かく刻み、煎《せん》じたものに魔層石《マナ・クオーツ》を粉末にして加える。どろりと濁った液体は、そのままだととても飲めた味ではない。

(蜂蜜を多めに混ぜるか……それと塩も)

塩気が蜂蜜の甘みを多少引き立ててくれることを期待し、万遍《まんべん》なく混ぜる。いくらか飲みやすくなるだろう。

「ンン……ぅふ、ウ……」

「すみません、辛いでしょうがこれを飲んでください」

そう、彼女の上半身を支えて起こす。触れた背中は熱く、じっとりとしている。そっと口元に匙を近づけると、粥のときと同様飲み込んでくれた。甘みをつけたとはいえ、あまり味わうものでもない。誤嚥《ごえん》にだけ気を配りつつ、薬を流し込んでいく。

「ン、グ」

「大丈夫ですよ。ゆっくり……ゆっくり」

（これで、少しはマシになると良いんだが）

薬を飲み終えた彼女に、更に水分を与えてそっと横たえる。汗を拭《ふ》くと、ふぅふぅと息を切らしながら、小さな呻き声を発した。うわ言、なのだろう。

「オウチ……ハ、ドコ……？」

「……きっと、帰れますよ。そのためにも、ゆっくり休んでください」

以前、馴染みが熱を出した自分の娘の額《ひたい》をそっと撫でていた姿を思い出し、真似してみる。熱い額。きっと、頭痛も酷いだろう。全身が痛んで、苦しいだろう。安心できる場所と、人たちのもとに帰りたいだろう。

エルフの娘は、しばらくそのままうなされていたが疲れ果てたのか、やがて眠ってしまった。

（「きっと帰れますよ」だなんて）

無責任な言葉だったかもしれない。だが、帰してあげたい——幼児《おさなご》のように眠る彼女を見ていると、尚更そんな気持ちが強くなってくる。

彼女を家から離し、こんな目に遭《あ》わせたのはイルダ人《人間》だ。私にとって種族とは、身体的特徴と文化の違いがあるくらいの意味でしかないが——そうでない者は多くいる。それこそ質屋の店主のように、悪気すらなく。

彼女を傷つけたのは、そんな中でも特に悪質な、他種族を人と思わないような誰かだ。

「人を、人と思わない……か」

ずんと、足元が重くなる。陰から這《は》い上がる幾つもの腕。それらが足を摑んで、決して離さず、ずぷりずぷりと引き摺《ず》り込もうとしてくる。その、深く暗い闇の中に。

「――っ」

パチリと、火が爆ぜる音でハッとする。焚《た》き火の灯《あか》りに照らし出されるのは、背負子と荷物に、使用済みの鍋、それから自分と、横たわるエルフの娘。

周囲からは時折、遠くを通りかかる獣が立てる草擦《くさず》れの音がカサカサと聞こえる程度で、静かな夜だ。

「夢か……」

目尻を押さえて、一つ息をつく。多少、疲れているのかもしれない。だが、明日からの処置についても考えなければ。

娘を見ると、呼吸が穏やかなことに気がついた。そっと額に触れれば、熱も引いている。頬に張り付いた髪を、指先でどけてやる。その頬の柔らかさに、何故だか一瞬胸が絞られたような気持ちになった。

（薬……効いたのかな）

良かった。もちろん、先程の薬で根治に繋がるわけもないから、工房でもっと本格的な治療や見立てが必要にはなってくる。おそらく、それは長期に渡るだろう。

それでも。

（そうだ。帰さないと……この娘を、家族のもとに）

家から引き離され、他種族から物のように蹂躙《じゅうりん》され。身体も心もボロボロにされながらも、「帰りたい」というただ一つの願いだけを抱き続けるこの娘《こ》を。

「ン……」

小さく、少女が寝言をこぼす。もう一度その額を撫で、汗の残る部分をそっと布で拭うと、私は横になった。

目をつぶると、暗闇が目の前に降りてくる。その、更に深い闇がまた身体に纏《まと》わりついてくる気がして、私はそっと寝返りをした。

時間にして、三時間ほどか。近くに止まった鳥の声で目を覚ますと、空の端《は》が白くなり始めていた。昨晩よりも、肺に入る空気が冷たい。

「夜明けか……」

今朝は昨晩の粥の残りを食べたら、すぐに出発するつもりだ。ふと隣を見ると、エルフの娘はうっすら目を開けていた。視力のない目でなにを見るでもなく、ただ開き、たまにゆっくりと瞬きを繰り返す。

「おはようございます。身体を起こしますね」

ゆっくりと身体を木によりかからせる。昨晩下がった熱は、そのまま上がっていないようだ。

ひとまず、ほっとする。

「お腹《なか》は空いていますか」

「……」

もちろん、返事はない。分かってはいたが、今後治療を進めていくためにも、なにかしら反応を引き出すきっかけがないものか。

「た、体調はどうですか？」

「……」

無理もないが、にべもない。

どうしたものかと、腕を組む。

この娘の願い。「家に帰る」――それを叶《かな》えるために、やるべきこと。私にできること。それはやはり彼女が限りなく元の生活に近いものを取り戻せるよう治療を施《ほどこ》すことだ。

もちろん、現状を見るだけでも前の通りに戻すのは難しいと感じる。知り合いの医者にも連絡を取らなければ。やるべきことは多い。きっと長い期間、かなりの手をかけなければならなくなるだろう。

（それでも）

私は一つ深呼吸をし、改めて娘に向き合った。なにも捉《とら》えようとしない瞳に、自分の姿を映し込む。

「……キミは今、深く傷ついている。身体はもちろん、心の深いところまで。キミが元々、どんな娘《こ》だったのかも、今の私には分からない。だから――願いを込めてキミに渾名《あだな》をつけて呼ぼうと思う」

それは苦肉の策ではあった。家も尊厳も奪われた彼女から、名前まで奪ってしまうような。そんな後ろめたさがなかったわけではない。

それでも、長期の関わりが予想されるのであれば、一定の呼び名は必要だったし、もしかしたら、それが彼女にとってなにかしらの刺激になるかもしれない。

(私がこの娘《こ》に願うことは、ただ一つ)

包帯を巻いた手を、そっと取る。ぐちりと膿んだ、傷だらけの小柄な手。

なにも感じていないかもしれない。なにも見えていないかもしれない。もしかしたら、こちらの言うことなど聞こえていないのかもしれない。

それでも。

「リズレ《復活》――この名のとおりにキミを治す、そう約束しよう」

――風が、目の前の娘の髪を撫でていく。

渾名をつけたからといって、彼女に聞こえているのかは分からない。本当の名前を知れるほどに回復させられるのか……それだって実際のところ未知数だ。

それでも、約束をしたからには投げ出さない。わずかでも、一つ一つ――目指していくしかない。共に。

彼女が、その顔に微笑みを浮かべられるような。そんな日々を目指して。

「……オウチ……カエ……リ、タイ……」

「――えぇ。ごはんを食べたら、行きましょう」

繰り返されるうわ言に頷き、ゆっくり、手を放す。気のせいかもしれないけれど――手が離れるほんの一瞬、指先が軽く握り返されたような、そんな気配を感じた。

消えてしまっていた焚き火をつけ、粥を温める。工房のある集落まで、あと半日。彼女にした約束を果たすまでは、どれくらいの日数が必要となるだろうか。今後すべきことを頭の中で改めてリストアップしながら、くつくつと音を立て始める鍋を掻き混ぜる。

「――できましたよ、リズレさん。ごはんにしましょう」

見えない彼女に、そう笑いかける。

私とリズレの戦いの日々は、こうして始まった。

ボロボロのエルフさん
Dying elf
を
& apothecary
幸せにする薬売りさん

第二話　薬売りの介抱

麓《ふもと》の川沿いを下り、工房のある集落に着いたのは、予定通り昼前だった。

「着きましたよ、リズレさん。ここが、今日から住む場所ですよ」

村と呼ぶには小さな集落。そこの一角に、薬を取り扱う工房を営んでいる。住人は少ないが、街から街へと移動する行商人が立ち寄って、商品である薬を取り扱ってくれることが多い。そのため一人で暮らす分には困らない程度の収入はあるし、特に使い道もないためそこそこの蓄えもある。

「ン……アー……オウチ……」

「そう、新しいおうちです。まずはお風呂にしましょうか」

虐待状況にあったと思われるリズレの衛生状態の悪さは、明らかだった。四肢を覆《おお》う包帯なども、いつから替えていないのか分からない。これで異臭《いしゅう》がしないのが不思議なくらいだが、エルフという存在の体質ゆえなのかもしれないし、それが断言できるほどには私はエルフに詳しくない。

工房には樽桶《たるおけ》があるため、そこに沸かした湯を張る。見えない状態で急に湯に触れると驚いてしまうかもしれないので、気持ち冷ましてから洗体することにする。

「──あ」

ふと、あることに気がついてしまった。街で買い出しをした際、あまりに急いでいたため、リズレの新しい服を買い忘れていた。今着ている私のローブの下は、ほとんど布切れ同然なものだし……。

「ちょっとだけ出てくるので、少し待っていてくださいね。リズレさん」

話しかけたところで相変わらず反応はないが、今は問題ない。私は庭に生えているニンジンや薬草、それから昨晩山で作った解熱《げねつ》鎮痛剤の一部をカゴに詰め込み、急いで近所の馴染《なじ》みの家に向かった。

戸を叩くと、すぐに中から「はーい！」と高く明るい声が聞こえてきた。

「薬屋です。ちょっとお願いが……」

「あ、薬のオジさんだっ」

扉越しに声をかけると、トタトタと軽やかな足音が近づいてきて扉が開いた。この家の少女、モネだ。母親ゆずりの長い黒髪を緩《ゆる》く一つにまとめ、期待に膨《ふく》らんだ大きな目で見上げてくる。

「オジさん、頼んだお菓子買ってきてくれた⁉」

「いや、すまない。実は急用ができてしまって──」

腰よりも低い位置にある彼女の視線に合わせるため屈《かが》んでいると、奥から「モネ！」という呼び声が聞こえてきた。

「先生は街まで仕事で行ってるんだから、わがまま言っちゃダメだって言ってるだろう？」

「だってー、街のお菓子なんてなかなか食べられないんだもん」

奥から出てきたのは、モネの母親であり、私にとっては馴染みの「ご近所さん」でもあるアネだった。ぷっくり膨《ふく》らませた娘の柔らかそうな頬を「こら」と軽くつつき、苦笑気味にこちらを見る。

「悪いね、疲れてるときに」

「いや。実は、私の方こそ頼みがあって」

そう、カゴを差し出すと「頼み？」と口元に笑みを浮かべたままアネが首を傾《かし》げた。芯の強そうな瞳がちらりと輝き、バンダナを巻いた髪がさらりと揺れる。

「珍しいね、先生がわたしに頼みごとなんて」

ナニコレ～と手を伸ばすモネを軽くいなすアネに、「実は」と細かいことは伏せつつ、事情を説明する。

「――なるほど。その新しい患者さんの服が必要なんだね」

「そうなんです。もちろん古着で構わないのですが、融通《ゆうずう》してもらえないでしょうか」

「もちろん。ちょっと待ってな」

快《こころよ》く頷《うなず》くと、アネは一度部屋へと引っ込み。そしてすぐに膨らんだ袋を持ってきてくれた。

「これ。紐《ひも》でサイズを調整しやすいやつを選んでおいたよ」

「ありがとう、助かります」

頭を下げ、急いで家へと戻ると、リズレは家を出る前と変わらず椅子に座っていた。風呂の温度を確認すると、ちょうど良い。「お待たせしました」と、リズレを支えて浴室へと移動させる。

「身体を洗うのに、一度脱がさせてもらいますね」

声をかけてから貸していたローブを脱がせ、一度大判のタオルを首元で結んで前かけのようにする。洗体自体は、患者に対し必要な措置であるから仕方ないにせよ、できるだけ嫌な思いはさせたくはないからこその配慮だった。――が、傷《いた》んだ肌着を脱がす際も、リズレの反応は全くといっていいほどなかった。

(それだけのことをされてきたのか)

ただでさえ酷《ひど》い傷だとは思っていたが。身体を洗い肌の白さが際立《きわだ》つことで、身体中の傷痕が、悪意の塊《かたまり》のように全身に濃《え》く浮かび上がる。

特に背面は、より深く肉が抉《えぐ》り取られ、傷同士が重なり合って何個もバツ印を描いていた。首筋に見えていた鬱血《うっけつ》の痕は、首周辺をぐるりと回り込み、よほどの力で締め上げられていたことが分かる。その痕がまるで人間の指のように見えて、嫌悪が走った。

彼女がどれだけ酷いことをされてきたのか——その一端を察してしまい、思わず顔をしかめる。

（クソ……ッ）

ダメだ冷静になれ。必要なことだけを考えろ。そう、この後に塗る傷薬のレシピとかが良い。

洗体を手早く終わらせ、身体を包むように拭《ふ》き上げる。ふんわりと膨らんだ、家にある中で一番柔らかなタオルを選んだつもりだ。

四肢の傷はその他と種類が違うようなため、先に包帯を巻くが、その間も込み上げてくる怒りで、手が震えた。いったいどんな奴がこんなことを……という怒りが抜けきらない。

身体を清潔にした後は、タオルに包《くる》んだまま患者用の寝台に運んだ。まずは外傷に対応していく。備蓄してあった薬草由来の軟膏《なんこう》を全身の傷痕にくまなく多めに塗りつけ、そこにガリアの葉を隙間《すきま》なく被せることで皮膚の治癒《ちゆ》を促《うなが》す。傷口と軟膏が乾くのを防ぐために、更に上からスライムの体液に浸《ひた》した湿布を張って保護した。

（張り替えは三日ごとになるか……）

もくもくと作業していたのが良かったのか、怒りに高ぶっていた感情は落ち着きつつあった。

ふと、気がつくと横たわったリズレが小さく寝息を立てていた。

「……こんなところで寝るなんて、この人にとって何日ぶりなんだろうな」

ようやく、人心地ついてくれたのかもしれない。だとしたら、少しだけ報《むく》いられたような気がして嬉しい。

（……いや、まだまだ。これからだ）

起こしてしまわぬよう、彼女の身体に毛布をかけて、一旦その場を離れる。向かったのは、台所だ。

ざっくりと食材を眺め、留守にしている間に固くなってしまったパンと、先程収穫したニンジン、街で買ったスパイス、それから少量の保存用のベーコンを細かく刻み、スープで煮込んだ。溶いた卵を更に流し込めば、栄養としては充分だ。火の通ったベーコンの脂《あぶら》を含んだ塩っぽい香りが、鍋から立ち昇る。

それを皿に移し替えて部屋に持っていくと、リズレは短い眠りから覚めたようだった。最近は肌寒さを感じる季節になってきた。身体が弱っているところに風邪をひかせてしまっては大変だ。

「今、服を着ましょうね」

「ンー……」

身体を起こし、アネから譲ってもらった服を着せていく。フリルのついた前留めのブラウスは、服を着せたままでも処置がしやすくありがたい。その上に着せるベストは胸の前で紐により締め付け具合を調節できるため、確かに便利だ。布地が柔らかく、さらりとした手触りで、私が街から被《かぶ》せていたローブとは大違いである。ロングスカートは白く清潔感があって、ゆったりとした着心地のようだった。

「ん？　これは……」

服と一緒に、女性用の櫛《コーム》が入っていた。アネが、気を利《き》かせて入れてくれたのだろう。それでリズレの髪を梳《と》かす。一本一本が絹糸のように細く、サラサラと櫛の間を流れていく。

清潔にし、身なりを整えると、ここへ来るまでに比べてだいぶ見違えた。こうして見ると、彼女が人間で言えば二十歳《はたち》かそれより少し下くらいの外見年齢だということが分かった。エルフは長命種であるため、実際の年齢は少なくとも倍以上あるだろうが――ややあどけない面影《おもかげ》を残したその顔からは、元々持っている美しさを感じられる。櫛に染《し》み込まされた整髪用の油のためか、ほんのりと花が咲いたような、甘い香りがした。

「良かった……っふ。食事も用意したので、どうぞ」

欠伸《あくび》を噛み殺しながら、持ってきた粥《かゆ》を匙《スプーン》ですくう。着替えさせている間に、ちょうど良い温度に冷めている。

「……ッ、ンンん」

「……？」

小さな呻《うめ》き声。ふと、リズレが震えていることに気がついた。

「寒いですか？　それともまた熱……ん？　ぁあッ」

言いかけたところでハッと気づく。

――彼女、この二日間全然トイレに行っていない。

慌《あわ》ててリズレを抱《かか》えて、用足しに向かわせる。

（いやしかし、すごい忍耐力だな……）

もしかして長寿のエルフだからこそ代謝に人間との違いがあるのかもしれないが、それでも大したものと言うべきか。感情がない――そう思い込んでいたが、粗相をしてしまうことに対する羞恥心《しゅうちしん》や理性のようなものは残っているのかもしれない。

（そうか、喜怒哀楽はなくとも……生理的な部分に関する感性は働きやすいのかもしれないな）

だとしたら、いつまでも流動食では味気がないだろう。だが残っているのは奥歯のみ……やはり、入れ歯しか手立てがないか。もしそれで咀嚼《そしゃく》ができるようになったとして、当初から懸《け》念《ねん》している内臓のダメージや、手足の壊《え》死《し》の進行も気になる部分だ。

無事、用を済ませた彼女を抱き上げ、寝台へと戻る。多少、自分の足取りが危うい気がした。リズレが重いのではない。むしろ腕の中の彼女より、自分の両の目蓋《まぶた》の方がずっと重たく厄介だ。思考も、気持ち鈍《にぶ》い。

（代謝といえば、なんだったか……急激な代謝による寿命の減少を対価として、肉体の物理的な回復を可能にする……あぁ、そうだ）

——ハイポーション。

それこそ、エルフの肉体を材料とした薬と同じく夢物語に近い代物《しろもの》だが——だが確かに存在すると言っていたのは、医師である昔馴染みだったか。

とさりとリズレを寝台に置く。途中で力が抜けて床に落としたりしなくて良かったと、心底ほっとする。——が、今度は足に力が入らない。

（ハイポーションの精製を目指す……か、アレならリズレさんの目や手足も……だが今の自分の設備や知識では……いや）

なにか、手が——。

手を伸ばす。思考を、意識を手繰《たぐ》り寄せるように。

だがそれすら夢だったのか——私の意識はそこで途切れた。

＊＊＊

気がつくと、空が白《しら》んでいた。

「眠ってたのか……」

寝た瞬間の記憶が全くない。驚くほどにない。昨日は三時間の仮眠しかとっておらず、山道を歩きどおしだったことを思えば、体力の限界だったということだろう。床で寝てしまったせいか、身体が強張《こわば》っている。

窓からの景色を見る限り、まだ日が昇り始めたばかりのようだが――身体を起こしかけたところでリズレと間近で目が合い、ギョッとした。

「お……っ、おはようございます！」

まさか、患者の寝台の真横で寝落ちしてしまっていたとは。なんとなく申し訳ない気持ちになってしまう。

目が合った、といってもリズレにこちらの姿は見えておらず、早起きしたらしい彼女は所在なさげにそわそわと周囲を気にしている様子だった。

「ン……」

（まぁ、リズレさんにしてみれば、今がどういう状況なのかも把握しにくいだろうしな）

ただぼんやりとしていただけの昨日までに比べれば、良い兆候と言えるのかもしれない。そう観察していると、きゅるるっと小さな音が聞こえてきた。同時に、ぎゅるっと大きな音も、自分から。

「……」

「……」

ほんの一瞬。目すら合わないのに、なにかが通じ合ったような気さえした。思わずふっと噴き出し、立ち上がる。

「朝ごはんに、しましょうか」

思えば、二日続けて粥しか食べていないのだ。昨晩も思ったことだが、消化も早い分物足りなさがあるだろう。もちろん、味や食感に関しても。

そんなことを考えながら、畑に鍬《くわ》を振るう。ドカリと地面に食い込ませて掘り返すと、中からミミズがにょろにょろと出てきた。土を豊かにしてくれる、大事な存在だ。それを避けるようにして、もう一度鍬を振り上げた。

――薬を作る上での素材の調達方法はいろいろあるが、私は栽培をメインにしている。昨日までのように留守をしているときは別として、畑の手入れは極力欠かしたくない。

(リズレさん、大丈夫かな)

新しく種を蒔《ま》く部分の土を全て掘り起こしたところで、顎《あご》に伝ってくる汗を手の甲で拭《ぬぐ》う。ちらりと工房に目を向けると、バルコニーで日光浴をしてもらっているリズレの姿がよく見えた。安楽椅子をゆらゆらさせながら、彼女はぼんやりとどこかを見つめるような目をしていた。風がわずかにそよぐと、鼻をひくつかせて匂いを嗅《か》いでいる。

香りと記憶は結びつきやすいと言う――それで故郷を思い出しているのか、突然彼女の右目からぽろぽろと涙がこぼれた。庭は静かで、そのすすり泣く声がここまでよく聞こえてくる。

「ヒ……ッ……い、ウゥゥ……っふ、オウ、チぃ……ッ」

（――どうしたものかな）

その涙の理由の本当のところなど、こちらに知るすべはないが――肉体的な傷はともかく、奥底まで抉られてしまった心の傷を癒《いや》すのに、自分がどれくらい役に立てたものか。

どんなに親身に接しようと――私は人間《傷つけた側の同類》の異性だ。

「くっ」

鍬を畑に叩き下ろす。

せめて私にできることを。これ以上彼女が傷つかなくて良い方法を。考えて、考え抜かなければ――。

「オジさーん、こんにちはーっ」

一仕事終えたところで、モネがやってきた。

「こんにちは。配達のお手伝いかい」

「んーん。今日はね……えへへ」

鍬を置き、店を開けながら話を聞くと、モネはもじもじと身体を揺らした。それから、リズレを見てパッと顔を輝かせる。

「わ……っ本当にいた！　患者さんのおねぇちゃん」

どうやら、好奇心で遊びに来たようだ。苦笑しながら、「リズレさんだよ」と言うと「リズレちゃん！」とモネは素直に言い直した。

「オジさん、リズレちゃんとお話ししててもいい？」

「ん……？　あぁ、そうだね。構わないよ」

店の方も、そうそう混むようなことはないから、他の客に迷惑ということもない。それに、私以外の誰かと関わることは、リズレにとって良い刺激になるかもしれないという期待もあった。

私は店番をしながら、手持ちの資料を広げて今後のための書き付けをしていた。リズレの現状から、やりたいことはいくつかある。

（さて、付け焼き刃でどこまで役に立つか……まぁ、なにもしないよりはマシか）

「ねぇねぇオジさん、リズレちゃんはなんでお話ししないの？」

「うん？　……そうだね。たぶん、お喋《しゃべ》りをしたいなと思うきっかけを、探してる最中なんじゃないかな」

こんな小さな子に、リズレが受けた仕打ちを話すわけにもいかず、そんなふうに答える。とはいえ、でたらめを言ったつもりもない。リズレの心に届くようななにかがあれば、もしかしたらという期待は持っている。

「オジさん、見て見てー！」

再度呼ばれて視線を向けると、モネが「ジャーン」とリズレを示していた。その頭には白詰草をはじめとする小さな花を束ねて作った可愛らしい冠が飾られている。見えなくともなにかあるのを感じるのか、リズレも目線だけ上に向けていた。

「器用だね。とてもきれいだ」

「ね、きれいでしょー！　リズレちゃんはねぇ、オジさんのおヨメさんなの」

無垢《むく》な笑顔でそんなことを唐突に言われてしまい、「んんっ⁉」とおかしな声が出てしまった。

「いやいや、患者さんですよ！　お怪我《けが》を治すために来た人っ」

私の慌てぶりが面白かったのか、モネはけらけら笑いながら「オジさんもきれいって言ったもーん」と走っていってしまった。

「またね！　リズレちゃんっ」

悪びれずに手を振る少女に、私はリズレに代わって力なく手を振り返した。

「花冠の話をしただけなのに……」

そう呟《つぶや》くも、振り返った先にあるリズレの姿は、確かに「きれい」だ。細く豊かな金髪に、翡翠《ひすい》色の大きな瞳、白い肌。そこに素朴な花冠が飾られると、まさに物語などに出て来そうな「森のお姫様」といった感じだ。

「……リズレさんがこれを見ることができたら、どんな顔をするのかな」

リズレの傷ついた心を癒すのは、きっとこういうできごとの積み重ねなんだろうなと思うと、この花冠を見てもらえないのがひたすら残念でたまらない。

（そもそも、光に反応しないほどに視力が落ちているというのはどういう原因か……心因性かもしれないし、それとも）

なんにせよ、一朝一夕ではいかないのが治療というものだ。回復には時間がかかる。私は医者ではないものの、簡単な診察をしながら治療やケアを進めていく。身体の清潔保持に、薬の塗り直しと湿布の交換、消化に良い食事、充分な睡眠。リズレさんは自力で動くことが難しいため、血行促進のためのマッサージや寝ている間の体位の転換なども心掛けるようにした。手製の聴診器で心音を確認すると、やけに音が小さく焦《あせ》る場面もあったが――それはおそらく、胸部の肉付きが多少良いためだろうと、すぐに気がつき安堵《あんど》した。

効果のほどは分からないが、点眼薬も一日数回投与することにした。そして――一番大がかりとなったのは、入れ歯の作成だ。

文献を頼りに、猪《いのしし》の牙を削り出して成形することとなったが、嚙み合わせなどの調整もありリズレには何日も付き合ってもらうことになってしまった。

「――お疲れ様でした。ひとまず、これで使ってみましょうか」

「ア……う」

つるりとした、白い歯。奥歯しかなかった彼女に上下の歯がそろうと、また一段見違えたような気がした。だが歯ができたことで、見た目以上に彼女に与えてあげられるものがある。

「リズレさん、今夜は歯ができたお祝いですよ」

そう、私が用意したのは、牛飼いから分けてもらった肉を使ったステーキだった。柔らかい部位を酒に漬け、切れ目も細かく入れて焼いたため、ふつうのステーキよりも嚙み切りやすくなっている。ここ数日の食事の様子を見ていて、消化機能に問題はなさそうと判断し、出すことにした。なにより、味気ない粥以外のものを、リズレに食べさせてあげたかった。

「いただきましょう。──リズレさん」

小さめに切った肉に、フォークがすっと刺さる。同時に、軽く焦《こ》げ目の付いた表面にはじわりと肉汁《にくじゅう》が滲《にじ》んだ。そのまま、ゆっくりとリズレの口元に持っていく。

口に含んだ途端──リズレの目が、パッと大きく見開かれた。心なし、頰も赤くなっている。

「どう……ですか？」

「ン……ンッ」

初めて食べさせるものだったので、やや心配もあったが──どうやら杞憂《きゆう》だったようだ。リズレは新しい歯でよく咀嚼し、名残《なごり》惜しそうに飲み込んだ。それから鼻をすんすんさせ、こちらの気配を窺《うかが》っているようだった。

「ン──……あ……」

「大丈夫、まだありますよ。久しぶりの固形物なので、ゆっくり食べましょう」

また一口差し出し、食べる。リズレの大きな目の端に、うっすらと涙が浮かんだ。──私にとっても久しぶりのご馳走だが、リズレにとってはいったいいつぶりになるのだろうか。

（歯も今のところ馴染んでいるようだし……良かった）

また一口、ステーキを差し出す。リズレは待ちかねていたように、また一口ぱくりと頬張った。


五感の刺激――それも、生理的欲求と結びつくものというのは、やはり大きいものなのかもしれない。その日を境に、リズレはゆっくりとではあるけれど、感応性を取り戻している様子だった。毎日のように顔を出すモネの声にも、ほんのり笑みを浮かべるような表情を見せる。

（これは……もしかしたら、思ったより早く会話ができるようになるかもな）

またねと手を振るモネに、鼻をすんすんと鳴らして応《こた》えるような仕草をするリズレを見ながら、そんなことを思う。良い兆候だ――が、一つ懸念はあった。

手足の壊死が、進んでいる。

その進行度合いは本当にわずかずつで、包帯を毎日巻き直していても最初は気がつかないくらいだった。じくりと変色した患部。それがじわじわと、リズレの身体を蝕《むしば》んでいる。

（ふつうの壊死にしては、進行が遅すぎる……なにか。なにか、あるのか）

やはり、切断するしかないのか、それとも別の道が残されていないか――現状機能していないとしても、やはり四肢の切断というのはかなり思いきった選択であり、一介の薬売りである私には、決断が難しかった。

——可能なら、手足をまた使えるようにしてあげたい。そんな、願いが確かにあった。

（やっぱり……あの人を頼るべきか）

頭に浮かぶのは、医者でもある知己《ちき》だ。変わり者だが腕は確かなため、きっと良い方策を示してくれるだろう。さっそく連絡を取るため、昔ながらの通文手段である使い鴉《がらす》に、手紙を結ぶ。連絡を取るなら他にも方法はいくらでもあるのに、こんな古風なやり方しか使わない、というのも変わり者の一面だ。餌《えさ》を多めにやって、「頼んだよ」と送り出すと、艶《つや》やかな黒い羽を広げ、鴉は高い空へと飛んでいった。

「さて……と」

軽く伸びをし、工房へと戻る。最近はリズレさんの食欲が、更に増してきたように感じる。嚙み心地も問題ないようで、一口のサイズも少しずつ大きくしていっている。

「リズレさん。街に行く前に作っておいたベーコンがあるので、それで今日はポトフでも——」

そう、部屋に入ったときだった。ドサッと大きな音がし、椅子からリズレが倒れ落ちた。

「リズレさん……？　リズレさんッ！」

慌てて駆け寄り、リズレの身体を支える。身体が、燃えるように熱い。

「アァぁア……ヒ……ッぅううハ……ッハ……っ」

苦しげなうめき声。

幸い、頭は打たなかったようだ。半ば混乱する頭で、容体を観察する。

（急にどうした？　最近は、夜間に熱を出すこともなく体調も落ち着いているようだった……部屋を離れたのも、ほんの数分だ。その間に、これほど急変するほどのなにかがあったとは――）

ハッとする。

「胸元に、赤みが差している……」

更にリズレの身体は小さく震え、痙攣《けいれん》を起こしていた。「カハッ……ヒッ」と、呼吸音もおかしい。上手《うま》く息ができていない。そして目は、真っ赤に充血していた。

この症状には、見覚えがある。

「これは……黒曜《こくよう》グモの神経毒か!?」

黒曜グモは人里離れた洞窟を根城にする大型の魔物だ。図体の割に臆病な性格をしているが、獲物を捕らえるための毒は強力で、古来暗殺にも用いられる。

（だがなんで、それがリズレさんに……）

リズレを引き取ってから、もうそれなりの日数が経《た》っている。エルフに対して偏見を持つ者も皆無ではないだろうが――小さな田舎の集落に住む朴訥《ぼくとつ》な人々が、そんな蜘蛛《くも》の毒なんかを知っているはずもない。そもそも、リズレはほとんどの時間を工房で過ごしており、私がそのそばを離れること自体が稀《まれ》だ。

とすれば、やはり毒を盛られたのは私が引き取る前か。

（だが……質屋の主人はそんなタマじゃないだろ）

良くも悪くもふつうなあの主人の顔を思い出す。だとすれば――考えられる可能性は一つだけ。以前の……「主人」か。

胃洗浄用の炭粉と、排毒を促すルゥム、センナなどの薬草エキスをリズレに服用させる。毒の回りはじめなら、まだ手遅れではないかもしれない。この毒に特徴的な胸の赤みは、上半身の血管を這《は》うように広がっている。

ややして、リズレが一際《ひときわ》大きく呻きだした。

「ウ……ぐぅぅ……ッ」

「リズレさん、大丈夫ですよ。リズレさん……！」

桶を口元に置くと、そこに胃液と一緒に大きな塊が出てきた。丸薬か――おそらく、これに毒が籠《こ》められていたのだろう。そのせいで毒の回りが、今になって起こったのだろうが。

（ただの丸薬にしては、頑丈すぎるな……殻《から》のような）

そもそも、こんな何日も経ってからようやく深部まで溶ける丸薬など異常だ。観察するうちに、表面になにか刻まれているのが分かった。

「古代語……に、これは、呪印か……？」

頭が、カッと熱くなる。手の中で、バキリと音を立てて木製の鑷子《ピンセット》が折れた。

なんだこれは。

目の前の異物からは、悪意しか感じられない。リズレの全身に執拗《しつよう》なまでに刻み込まれた傷と、同じ匂いがする。そもそも、毒を仕込むだけで異常なのだが――こんなに遅効性の仕掛けを施すなんて。少なくとも、それは善意による行為ではないだろう。ただ、己《おのれ》の近くで効くのだけを避けたような……あぁ。

――どこか邪魔にならない場所に行って死んでおけ。

そんなメッセージ、なのか。これは。

ガギッと、自分の奥歯から変な音がした。ダメだ、冷静になれ。今は、そう――今は、苦しんでいるリズレの毒をなんとかしなければ。

「リズレちゃーん。……薬のオジさん？」

工房の戸口から、モネの声がした。いつものように遊びに来たのに、私たちの姿がないのを不審がっているのだろう。

「モネ、ちょうど良いところに来てくれた。お母さんを呼んできてくれないかっ」

部屋の中から声をかけると、切羽詰《せっぱつ》まった声からなにかを察したのだろう――「分かった！」と、すぐさま返事があった。普段から仕事の担《にな》い手として手伝いをしているだけあって、判断が速い。助かる。

私が準備を進めている間に、アネがやってきた。リズレと会うのは初めてだったが、モネから話は聞いていたのだろう。

「この娘《こ》がリズレちゃん？　ずいぶん、辛《つら》そうだけど……」

「魔物の神経毒にやられたんです。解毒剤は作るしかないので、今からその材料の採取に向かいたいのですが……」

それだけ言うと、アネは納得したようだった。

「いいよ。それなら、わたしとモネとでリズレちゃんは看《み》てるから。先生は行ってきて」

ふだん、女手一つで家庭を切り盛りしているためもあるのか、急な願いでもあるのに、アネもまた判断が速く、ありがたい。いや、これはもうこの親子の性格なのかもしれない。

「すみません、三日内には戻れると思うのですが……その間に服用させていただきたい抵抗薬などは、書きつけてあります。それから──」

一瞬、声が出なくなる。アネに渡すメモを持った手が震えているのに気づき、私は一度深呼吸をした。

「……万が一、私が帰る前に容態が急変し……亡くなられてしまった場合には、早めの埋葬手続きもお願いします……。私もなにがあるか分かりませんし、長期間ご遺体を放置するわけにはいかないので」

「うん、分かった」

アネは私の目を見つめながら、しっかりと頷いた。

「大丈夫。先生は、お役目に集中して。リズレちゃんのことは、わたしらがちゃんと看てる。

リズレちゃんも、先生の帰りを待って頑張ってくれるよ。だから、こっちは任せておけ！」

「……ありがとうございます」

まとめた荷を背負い、リズレの頬に触れる。熱く、湿った頬。どれだけ辛いことだろう――だが、この熱があるうちは、リズレは生きていてくれている。

「必ず助けますから……待っていてください、リズレさん」

「ウ……アァ……」

苦しげな彼女の額《ひたい》を撫で、そっと離れる。

手を振り見送る二人に、軽く手を振り返し、私は工房を後にした。

(マンドラゴラの根に、属性転換の魔層石《マナ・クオーツ》、それから……抗体元になる毒の原液――黒曜グモの肝《きも》、か)

解毒薬の材料は多いものの、だいたいの採取場所は見当がついていた。特に、黒曜グモの棲《せい》息地《そくち》を知っているのは幸運だったと言えるだろう。以前は探し出すだけで数日かかった。

(まさか……こんなことで、役に立つなんて)

洞窟の入り口を前に、思わず口元に皮肉な笑みが浮かぶ。マンドラゴラと魔層石《マナ・クオーツ》は手間こそかかったが、すでに手に入れた。動物にいたずらされない限りは大丈夫だろうと、それらも詰めた大きな荷はそこに置き、代わりに荷の中から矢筒と弓を取り出した。

武器を手にするのは久しぶりだ。その割に、弓はすんなり利《き》き手に馴染んだ。

（昔取った杵柄《きねづか》、か）

苦笑しながら、指に光を灯《とも》して洞窟に足を踏み入れる。暗く、湿っぽい洞窟。かび臭《くさ》い匂いが、鼻先をくすぐる。コウモリなど出ても良さそうだが、姿が見えないのは、おそらくここの主《あるじ》たちのせいだろう。

（大丈夫だ……きっと、ここにいる）

水分を含んで、ぐちゃりとした足元。それでもできるだけ音を立てないよう、注意を払いながらしばらく進むと、なにもないはずの空間に、きらりと煌《きら》めくものが見えた。その煌めきからつつつと垂れた水が、地面に落ちてぴちょんと澄んだ音を響かせる。

魔法光をなにかが反射している――よく見れば、そこに細かな糸が張り巡らされているのが分かった。ネズミやコウモリの死骸が、張り付いている。

（いた……！）

黒曜グモの罠糸《わないと》だ。背に負った筒から矢を引き抜き、スッと構える。臆病なクモをおびき寄せるためにも、そのままじっと待つ。

私の肉の匂いに釣られてきたのか――やがて奥から、大きな影がゆっくりと現れた。黒曜グモだ。チキチキと、大きな顎《あご》の鳴る音がする。

「悪いが……時間をかけるわけにはいかないんだ」

下手《へた》にケガを負わせては、すぐに奥に引っ込まれてしまう。勝負は短時間で決めたい。

弓を引こうとすると、一瞬過去の自分が脳裏に浮かんだ。同じように弓を構えて、クモを射《い》貫《ぬ》く自分。そうして得た毒を――おまえは、どうした？

びくりと、腕が跳ねる。私の手を離れた矢は、クモを掠《かす》るようにして飛んでいった。

「ピギィッ！」

案の定、黒曜グモが警戒音を出し、奥に引っ込もうとする。

「クソ……ッ」

毒づき、すぐさまもう一本の矢をつがえる。

（なにが昔取った杵柄だ――鍛錬もサボってたくせに、よくもまぁッ）

そうだ。昔の自分と、今の自分は違う。いや、直線上にあることは変わらないが――少なくとも今自分がこうしていることは、過去と向き合うためにも必要なことのはずだ。

帰りたいと泣くリズレの呟きが。花冠を乗せたリズレの姿が。食事を頑張るリズレの微《かす》かな笑みが。毒に苦しむリズレの呻き声が。頭の中で蘇《よみがえ》る。

「極魔法《アルマ》――ッ」

呪文の発動と同時に、矢が細かに、素早く震える。放たれたそれは罠糸をかいくぐり、弧を描きながら遠ざかる黒曜グモの頭頂部に深々と突き刺さった。

「ギピィィィイッ」

黒曜グモが大きな悲鳴を上げる。その間にも、極魔法《アルマ》をかけた矢を素早く数本放ち、それらは吸い込まれるようにクモの身体へ次々と刺さった。

(——よし)

通常よりも威力の上がった矢は、クモの分厚い身体を貫《つらぬ》き、その動きを止める。私は糸をくぐってクモのもとまで行くと、ナイフでその肝を切り取った。湿った空気に、吐き気を催《もよお》すような濁った香りが混ざる。

「昔……か」

呟き、頭を振る。今は過去の感傷に浸っている場合ではない。大切な約束を果たすためにも。

(今戻ります、リズレさん——!)


工房に戻ったのは、家を出た二日後だった。急いだおかげで、予定よりも早く帰ってくることができた。

「先生、お帰り。リズレちゃん、頑張ってるよ!」

留守の間、リズレを看病し続けてくれていたアネは、目の下に疲れを滲ませつつも、口調はしっかりしていた。その言葉に頷き、私は持って帰ってきた材料を急いで薬草の凝縮液と調合し、注射用の竜牙針《りゅうきばり》に注いだ。

「リズレさん……お待たせしました」

リズレの身体には血管が模様のように濃く浮き出て、息を切らしていた。それでも、アネとモネのおかげもあり、こうして生き延びてくれている。

「ウ……ぁ、うぅ……ッ」

「もう少し……すぐ、よくなりますよ」

上半身を支えた手のひらが熱い。震える細い肩口に、私はそっと針先を刺した。

＊＊＊

小窓から見える真っ暗な空を見つめながら、寝たくないな、と。そんなことをぼんやりと考えていた。

リズレの息の音が聞こえる。まだ、正常とは言い難《がた》いけれど、それでも少し落ち着いたような気がする。

注射を施してすぐ、アネとモネは帰っていった。礼なんていいよ、リズレちゃんも先生も無事で良かった。台所にスープとパンがあるから、それを食べて。先生も少しは寝ないと。また明日来るから。

そんなことを言われながら、二人を見送って。言われた通り豆と香草のスープにパンを浸しながら食べて、身体を拭いて、そして。

リズレの眠る寝台の横で、ずっとその横顔を見つめている。時折呻くので、そっと手を握った。胸の赤みが薄くなってきていることが、希望を与えてくれる。きっと、山場は越えた。

「大丈夫……大丈夫ですよ、リズレさん」

呟きながらまた、寝たくないと思う。

もちろん、リズレが心配だというのはある。それと同時に、今寝たらロクな夢を見ないだろうという気持ちが強かった。弓を握った手のひらを見つめる。その手のひらが赤く染まっている気がして、さっと顔を背けた。

(過去……か)

「なにを、そんなに怖がっているんですか?」

そう訊《たず》ねてきたのは、リズレだった。大きな翡翠色の目をきらきらとさせて、鈴を転がしたような声で訊《き》いてくるのを見て、頭のどこかが（あぁ、これは夢だな）と判断した。結局、眠ってしまったらしい。

「……怖がってなんて、ないですよ」

「でも、手が震えてます」

包帯を巻いた手が、そっと私の手に重なった。

「大丈夫ですよ、薬売りさん。わたしが、そばにいますから」

その言葉を聞いた途端、自分を思いきりぶん殴ってやりたくなった。夢の中とはいえ、なんて都合の良いことを患者に言わせているのか。まったく、自分に反吐《へど》が出る。実際に殴らなかったのは、これもまた夢の中とはいえリズレを不安にさせたくなかったからだ。

「リズレさんこそ、安心してくださいね。きっと私が、貴女《あなた》を治してみせますから」

貴女は覚えていないかもしれないけれど。山の中であの日、私は確かに誓った。約束した。貴女を治すと。

「リズレさん。大丈夫、家にだって帰れますよ。だから」

重ねられた手を、ゆっくりと握り返す。

「だからリズレさん。安心して……目を覚ましてくださいね。私が、それまでずっとそばにいますよ」

リズレがにっこりと微笑む。夢だとは分かっていた。それでも、何故だか無性に泣きたいような、胸が詰まるような気持ちが溢《あふ》れてきて。

「見て、薬売りさん。光が差してきましたよ」

嬉しそうに、眩《まぶ》しそうに目を細める彼女に、私は問い返す。


「ひか……り？」

ふっと目が覚めたとき。その声を最初、自分の寝言かと錯覚した。が、すぐに勘違いだと気づく。少し掠《かす》れた、でもまるで——鈴を転がしたような。

「リズレさん……？」

寝台に背を向けて眠っていたのを、振り返る。

夜明けの光が差し込む中。翡翠色の目が、こちらを向いていた。その唇が、小さく動く。

「ア……わた……し」

「リズレさん、目を覚まして……いや、目が。あ、それに」

——話も。

あまりに突然、変化が起こりすぎてどれから対応したものか分からない。

「えぇっと……とりあえず、診察させていただいても？」

おそるおそる伺《うかが》うと、小さく「は……い」と返事があった。ぎこちなくとも、会話ができている。

身体を支えると、熱はもうすっかり下がったようだった。胸の赤みもなくなっている。毒の影響は脱したようだ——それを確認してほっとすると同時に、強い驚きもあった。

これまでは、介助をしてもリズレはされるがままだった。それこそ、人形のように。それが、今は上半身を起こしてやろうとすると、自分で身体を支えようとする筋肉の動きが、わずかだが感じられた。

（会話ができるということは、外界からの刺激に反応できるということだから、当然と言えば当然だが……）

元々、感応性に関しては変化が出始めていた。それがより顕著《けんちょ》になった形だろう。

「光に対する瞳孔反応もある……私の顔や手は、見えますか？」

目の前で手のひらをヒラヒラさせながら問いかけると、リズレは微かに首を横に振った。

「でも……そこに、いる……のは。分かり……ます」

つまり、はっきりと視力が戻ったわけではないにせよ、光を感じる機能は戻ってきたらしい。

解毒薬の材料であるマンドラゴラには、活性作用がある。それに加え、魔層石《マナ・クオーツ》の反転作用が解毒と同時に視神経になんらかの刺激をもたらして、損傷箇所の修復を再開したのかもしれない。もちろん、憶測でしかないが――。

ふと、リズレの頰が私の手にそっと触れた。その目に、涙が浮かんでくる。

「リズレさん大丈夫ですか？　どこか痛みは……」

ふるふるとまた、リズレさんが首を振る。それから、小さな声で訊ねてきた。

「……リズレ《それ》……わたし、です……よ、ね？」

「あ――はい。すみません、名前が分からず勝手に渾名《あだな》を……もし良ければ、名前を教えては」

「なまえ……」

呟いたリズレは、しかし再度首を左右に振った。

「お、ぼえて……ない、です。なにも」

「そう、ですか」

逆行性健忘――いわゆる、記憶喪失か。

理由は分からないが……逆にいくらでも理由になりそうなことは思いつく。それだけの想いを、彼女はしてきたのだから。

(けどそうなると……今後、家に帰るためにはどうしたら)

エルフの住処《すみか》に関しては、森の奥深くに住んでいるということ以外なにも分かっていない。これは単に私が物知らずというだけでなく、エルフが他種族から隠れ住んでいるからだ。

(リズレさんをいずれ帰すためにも、なにか方法は……)

「――あ……あの」

聞こえてきた声に、ハッと顔を上げる。リズレは、こちらをじっと見つめていた。こう言ったら失礼かもしれないが、なんだかまだ慣れず、不思議な感じだ。

彼女はふわりと微笑むと、ほろりとまた涙をこぼした。

「たすけ、て……くださっ……あ……ありがと……ございます」

たどたどしい。けれど、確かに心が伝わってくる。そんな、言葉だった。

「いいえ……いいえ、リズレさん。これからですよ」

そうだ。

悲観的になってどうする。少なくとも今、リズレは回復に向けて大きな一歩を踏み出したんだ。

「大丈夫です。きっと私が、貴女を治してみせますから」

気がつけば、夢の中と同じような台詞《せりふ》を。山の中での約束を、私は繰り返していた。

まるで、自分に言い聞かせるように。

それにリズレはまたほんの少し微笑んで、こっくりと頷いてみせたのだった。

第三話

二人の最初の旅路

「いやー先生！　この前はありがとう。おかげでホラ、膝《ひざ》もこの通り調子が良くてさ。これはお礼のカボチャだから取っといてくれっ」

そう、早朝から近所の農家の方が家を訪ねてきた。腕に抱《かか》えきれないほどの大きな、ずっしりと重いカボチャをいただいてしまい、さてどうするものかと寝ぼけた頭で思案する。

「そうだな……カボチャのシチューになんかしたら、たくさん食べられるかな」

「先生は少し休んで」

農家の方と入れ替わるようにやってきたアネとモネが、立ち上がりかけた私をぐいっと椅子に引き戻す。リズレと私の様子を気にかけて、顔を出してくれたらしい。

「先生ねぇ、自分じゃ気づいてないかもしんないけど、目の下のクマがヤバいよ」

「そーだよ、クマさんだよっ」

アネの言葉にのっかるように、モネが「がおー」と身振りでクマの真似をする。そんなに酷《ひど》い顔をしているのか……と顎《あご》をさすると、じょりっといつもより広い範囲にヒゲの感触がした。

思わず眉を寄せていると、アネが目の前に湯気の立つ茶を置いてくれる。香ばしい匂いに、心なし肩から力が抜けた。

「せっかくリズレちゃんが目を覚ましたっていうのに、今度は先生が倒れたんじゃどうしようもないだろ。いいから、ここは任せておきな」

「……ありがとうございます。じゃあ、お言葉に甘えて」

苦笑気味に頷《うなず》くと、アネはニッと笑って「任せときな」と拳を握った。

「リズレちゃん、甘いものは好きかい？」

「は……い。あまい……すき、です」

「良かった。じゃあ回復祝いに、カボチャケーキにしようかな」

「やったぁケーキだ！」

きゃっきゃと楽しそうな女性陣を眺めながら、一口茶をすする。ほうっと、また少し肩から力が抜けた。

アネやモネも、二日間つきっきりでリズレを看《み》ていてくれたのに、その疲れも感じさせずに元気だ。リズレも、昨晩まで毒にうなされ寝込んでいたこと、ましてやもうずっと茫然自失の状態だったことが嘘のように、アネたちの言葉に頷いたり笑ったりしている。

（一旦、記憶喪失は様子見としておくか……）

もちろん、いつかは考えないといけない問題だろうが――少なくとも今は、この回復兆候に合わせて身体のケアに注力していく。

(そういえば……手紙はもうそろそろ届いたはずだが)

――どれくらい、ぼんやりしていたのだろうか。

外からトントンと軽い音が聞こえてきたのにハッとして、窓を見る。使い鴉《がらす》が、テラスの手すりをつついていた。その嘴《くちばし》の下に、丸められた羊皮紙が落ちている。

それを手に取って部屋に戻ると、「どうしたんだい」と焼けたケーキを手にアネが訊《たず》ねてきた。湯気の立つケーキからは、甘い素朴な香りが漂っている。

「昔馴染《むかしなじ》みに、リズレさんのことで相談してたんです。その返事が来たようで」

「へえ。こんな辺鄙《へんぴ》なところに住んでるのに、先生は顔が広いからねぇ」

でもまずは座って、と促《うなが》され、手紙を開いて読みたい気持ちを押しとどめながら席につく。

リズレは、すんすんと香りを嗅《か》いでいる様子だった。その前に切り分けられたケーキが置かれる。

「さぁ、みんなで食べようか」

「あたし、リズレちゃんに食べさせてあげるっ」

いただきます、と声をそろえてから、モネが張りきってリズレのケーキを一口大に切り、フォークに刺した。「ありがとう、ございます」とそれを口にした途端、パッとリズレの表情が輝く。

「おいしい？」

「はい……ッ。あまくて……とても、おいしーです……！」

「ははっ。そんな顔をしてもらっちゃ、作ったかいがあるね」

三人の笑い声を聞きながら、こんな和《なご》やかな時間を過ごすのはいつぶりだろうと考える。もしかしたら――リズレと出会う前でさえ、こんな時間はなかなか持てていなかったかもしれない。

一口ケーキを頬張ると、なめらかな生地《きじ》と、どこか懐《なつ》かしいような甘味が口の中に広がった。

＊＊＊

『エルフの身体を診《み》られるなんて久しぶりだ。面白そうだからいじってみたい。あとカネくれ、金。貯め込んでるだろ』

友人からの手紙には、ざっくりとそのようなことが書いてあった。全く口の悪いひとだが、診てもらえるならそれに越したことはない。

「なんだ、また出かけるのかい。忙しいねぇ」

食後のお茶とお喋《しゃべ》りを楽しんでいるリズレたちから離れ、奥でさっそく旅立つための準備をしていると、アネがひょいと覗《のぞ》き込んできた。

「はい。腕の良い医者ですし、リズレさんの手足の状態を思えば早めに診せた方が良いと思いまして。北へ離れた場所なので、着くまでにいくらか時間もかかりますし」

「へぇ。北ってことは、もう防寒具が必要なんじゃないかい？　うちに冬の間に着る用のが――」

「あ、いえ。今回は大丈夫です。ありがとうございます」

アネの申し出を慌《あわ》てて断る。冬物は布地が厚い分、高価だ。自分の患者のことで、そうなんでもかんでも頼るわけにはいかない。

「でも、今着てる服じゃリズレちゃんだって寒いだろう？」

「問題ありません」

あらかじめ考えていたことであるので、私はハッキリとそう頷いた。

「防寒具なら、私の予備があるので」


「――あ、あの……ちょと……あつい、です……」

そう、たどたどしく言うリズレの姿を見て、思わずショックを受ける。私が昔着ていた防寒具を着たリズレは、なんというか……ひどくブカブカで、簡単に言うと全くサイズが合っていなかった。

「問題大ありだろ」

「でしょー」

アネとモネの冷たい視線に晒《さら》され、私はぐっと胸を押さえる。

「年季は入っていますが丁寧《ていねい》に繕《つくろ》っているつもりでしたし、なんとかいけるかと思ったのですが……」

「そこじゃないだろ。先生が倹約家なのは知ってるけど、リズレちゃんを巻き込むんじゃないよ」

「はい……反省しています」

あまりにも当然すぎる指摘に、思わず膝をつく。黒曜《こくよう》グモの牙より鋭い論調だ。

「反省ついでに、街で服を見繕ってあげな」

「わ……たし、は。えっと……これ、でも」

「わーっ、リズレちゃんに似合う可愛いお洋服を選んでね、先生！」

おずおずと呟《つぶや》くリズレの口をふさぐ二人に、私は「はい……」とおとなしく従った。


街への買い出しは、一人で向かった。リズレの姿は目立つし、なにより背負子《しょいこ》の件がある。

馬を集落の人に借り、いつもよりも早く街に着くことができた。

最初に向かったのは、件《くだん》の質屋だった。主人は私を見ると「おお」と親しげに手を上げた。

「あんたか！　どう？　あのエルフは。薬に使えた？」

相変わらず無邪気な言葉に、「いえ、ちょっと」と首を左右に振る。

「残念ながら……他の薬師《くすし》に引き渡しました。私では、有効に使いきれなくて」

主人は頷くと、「まぁ無駄になんないのが一番さ」などと言って笑った。

私は曖昧《あいまい》に頷いて借りていた背負子を返すと、代わりにもう少し丈夫で幅の広い背負子を買い直し、店を後にした。もう、この店に来ることはないだろう。

「さて……大仕事はこれから、か」

呟き、覚悟を決める。ふっと強く息吹《いぶき》を吐いて気合いを入れると、私はそのまま女性向けの衣料品店に入った。

店に足を踏み入れた途端、周囲の空気がぴしりと音を立てて凍りついた気が、確かにした。

女性向けの店ということは、客も店員もほとんど女性しかいない中。身体の大きな男がそこへ入り込んでくるのは、かなり違和感があるようで、女性たちの警戒心を肌で感じる。もっと言うと、いかにも怪《あや》しむような冷たい目でジロジロと見られた。黒曜グモの巣に入ったときよりも、ずっと怖い。店内にほのかに漂う石鹼《せっけん》のような香りが、ますます私を場違いだと責め立てる。

「あ……あのぉ……すみません、サイズの見方とかよく分からなくてですね……」

「はぁ……失礼ですが、お客様がご使用になるのですか?」

「あ、いえ。私ではなく、その……い、妹が使うので」

視線に耐えきれず、咄嗟《とっさ》にごまかしの言葉を口にしてしまったのがいけなかった。身内のものと言えばまだ怪しさも薄らぐかと思ったのだが――よく考えなくとも、妹の穿《は》く下着を買う兄というのもそうはいないだろう。店員の視線が、厳しさを一際《ひときわ》強めた。

素直に、自分は医療従事者で、入院患者用の備品として購入したいと説明すれば良かったと思い至ったのは、逃げるように店を出てからであった。

＊＊＊

北に向けて出発する朝は、やけに冷え込んだ。おかげで、上着を羽織って出かけるのにちょうど良いくらいだ。

「あの……」

背中から、おずおずとした声が聞こえた。少し恥ずかしそうに、小さく。

「その。おもくて、ごめんなさい……」

「ふだんは、薬の材料を大量に背負って行脚《あんぎや》しているので。それに比べれば全然軽いので、大丈夫ですよ」

歩きながら答える私の背中には、背負子に座るリズレがいた。

落ちないよう、ベルトで固定している。前回の背負子よりも座り心地が良さそうな、奥行きの深いものを選んだため、座っていても疲れにくいとは思うが、休み休み行こう。

アネに新しい服を着せてもらったリズレは、白い上着がよく似合っていた。手触りもなめらかなその上着は、しっくりと身体に馴染んでいる様子だ。ファーたっぷりのモフッとしたフードはいかにも暖かそうで、モネは「可愛い可愛い！」と出発間際《まぎわ》まで纏《まと》わりついていた。首には魔力感知《センサー》のついた首飾りをかけていて、中央の宝石がうっすらと輝いている。

「半日ほどこのまま行き、森を抜ける予定です。山間《やまあい》のカルガという街に転移屋《ポータル》があるので、そこを目指しましょう」

「ぽーたる……ですか？」

「はい。そこを利用すれば、北方にある街まで一瞬で転移できます」

わかりました、と声が返ってきたのを確認し、それから「もう一つ」と付け加える。

「リズレさんの首には、今飾りがついています。それはリズレさん自身の魔力《マナ》が伝わることで、救難信号を出すことができるものなので……はぐれることはそうないとは思いますが、長い旅程なので一応覚えておいてください」

「は、い」

前回よりも座り心地の良い背負子を準備したとはいえ、やはり同じ体勢で長時間過ごすのも、ベルトで固定され続けるのも、まだ毒から回復したばかりのリズレの身体に大きな負担となるだろう。途中途中、休憩を入れながら慎重に進んでいく。

リズレの重さなど大したものではない——それは事実だったが、一緒に持ってきた用心のための備品が多く、そちらは歩き続ける私の身体に重くのしかかってきた。リュックの固い紐《ひも》が、肩をぐっと圧迫する。歩きだしは肌寒かった森の中の空気も、心拍と太陽の上昇で暑さを感じるようになってきた。

「——今日はここで野宿にしましょう」

結局、半日では辿《たど》り着かないと判断し、早めに決断をすることになった。重い荷物は歩くのには負担だが、こういうときには役に立つ。

以前の野宿で作った粥《かゆ》より多少豪華な食事を用意し、焚《た》き火を囲む。パンと具だくさんのスープを食べ終え、満足そうなリズレさんと向かい合わせになると、奇妙な間ができた。パチリと、焚き火の中で枝が爆ぜる。

（そういえば……リズレさんが毒から回復してからここまで、ゆっくり話しをする余裕もなかったな）

話すべきことは、たくさんあるように思えるのだが、たくさんありすぎるせいか言葉が上手《うま》くまとまらない。そう思っていると「あの」とリズレから声をかけてきた。

「おなまえを……きいても？」

「あ……えっと私の、ですか」

リズレがこくりと頷く。名前——確かに、薬師と患者とはいえ、寝食を共にしている仲なのだから、呼び名がないというのは不便だろう。自分もリズレに渾名《あだな》をつけておいて、そのあたりを失念していた。

（名前……）

「……私のことは、薬売りと。そう呼んでいただければ」

言いながら、少し苦しいかなと思う。リズレにしてみれば、記憶喪失でもない私が本名を告げないのは疑問しかないだろう。

しかし、彼女は嬉しそうにニッコリと微笑んだ。

「ハイ……よろしく、おねが……いします。くすり……うり、さん」

「――はい。こちらこそ」

笑みを返しながら、心の底で安堵《あんど》する自分を感じる。

（そうだ……リズレさんが、そんな深く知る必要なんてない）

私についてなど。

どうせ――治療を終え、家へと帰れるようになるまでの。そういう限られた期間の関係でしかないのだ。

（知る必要なんて……）

そのときだった。ふっと威圧感を感じ暗闇を振り返ったのと、後ろからガサリと音がしたのは同時だった。

「――っ!?」

慌てて立ち上がり、リズレを背後に庇《かば》う。茂みから姿を現したのは、巨大な体軀の獣だった。

「グルルル……ッ」

「巨灰熊《キンググリズリー》!?」

ただでさえ危険な野生動物だが、出会ってしまった時期も悪い。冬眠前は、他の時期に比べても獰猛《どうもう》で厄介だ。目の前の彼も息を荒らげ、四肢には力を込めており、いつ飛びかかってきてもおかしくなかった。

（一人なら、ここから移動して対処もできるが……）

ちらりと、背中に庇っているリズレを見る。リズレは長い耳をぴくりとさせながら、驚いて固まっている様子だった。――彼女を抱えて逃げるとなると、巨灰熊の俊敏さの前には少し厳しい。

仕方ない。

スープに入れる肉を切ったときに使った手元のナイフを、そっと引き抜く。

熊の弱点はおおよそ決まっている。逆に言うと、それ以外の部分は異様に硬い骨に守られ致命傷に成りにくい。また、身体を覆《おお》う脂肪や、油っぽい固い体毛なども、ナイフの刃を滑らせてしまう。巨大な爪は掠《かす》っただけで重傷だ――ナイフでの戦闘は不利なことこの上ないが、爪をかいくぐる素早さと、確実に目や喉《のど》を突く技術と度胸、そして幸運があれば――。

『――！』

唐突に。耳を、澄んだ響きが撫でた。

思わず、踏み出しかけた足が止まる。

鳥の啼《な》き声とも、歌声ともつかない不思議な美しさを感じさせる音が、その場に響き渡った。

「これは……リズレさんっ？」

振り返ると、座っているリズレが音を出していた。翡翠色の瞳は、月明かりの下で淡く輝いている。

「ぐ……る、る」

熊が唸《うな》る。荒らげていた息が、だんだんと静かになっていく。対してリズレの不思議な歌声は、森の中に広がっていった。

ふっと――その声がやんだ。熊はもう息を和らげ、心なしか目元も穏やかだった。

「だい、じょ……ぶ、ですよ」

リズレはそう、熊に微笑みかけた。熊はじっと彼女を見つめると、やがて静かに身をひるがえし、ゆっくりと遠ざかっていく。

『森の民』――そんな単語が、頭に浮かんだ。

「動物とお話し……できるのですか？」

ナイフをおさめながら訊ねると、リズレは困ったように視線を傾けた。そもそも、リズレは熊の姿が見えてはいなかったはずだ。

「よく、わからな……です。でも、あのこ……おびえてて……それ、で」

「怯《おび》えて――」

確かに、いくらこの時期の巨灰熊が獰猛とはいえ、人間の声のする方へ自分から近づき、更には襲おうとするのはあまり多くはない。なにか、理由があるのだろうか。

「とにかく、助かりました。ありがとうございます」

そう目の前に膝をついて礼を言うと、リズレはくすぐったそうに微笑んだ。その様子は先程までの神々《こうごう》しさを感じさせず、ふつうの女性となんら変わりなかった。

＊＊＊

それから明け方までの間、巨灰熊のこともあり警戒しながら仮眠をとったが、特に問題は起こらなかった。逆に、静かすぎる――夜間の森の中ではふつう野生動物の動きを感じるものなのだが、それが常より少なかったような気さえする。

「――そろそろ、行きましょうか」

昇る朝日を見ながら、リズレに水で口を漱《すす》がせる。リズレは頷くと「おねが、します」と微笑んだ。

リズレは、道中も嫌な顔一つしない。年頃の女性が、こんな山の中で野宿など多少なりとも嫌がりそうなものだが、そんな様子はおくびにも出さない。背負子で運ばれるのだって、疲れがたまってきているだろうに。私に遠慮しているのか、それとも元来の性格なのか。

(早く辿り着きたいことを考えると、助かるが……)

リズレの四肢の壊死《えし》が少しずつ進行していることを思えば、できるだけ早く医師には診せたかった。だがそれで、リズレの体調を崩させては元も子もない。リズレが言いださない分、こちらで気を配るのは必要だろう。

——異変に気づいたのは、歩きだして三時間ほどした頃だった。背中のリズレが、少し震えているように感じた。

「どうかしましたか?」

「い……え。ただ、なにか……」

リズレの声が上擦《うわず》っている。それから躊躇《ためら》うように、小さく付け加えた。

「こ、の……あたり。なに、か……」

「……」

『森の民』としてのリズレの力は、昨晩目《ま》の当たりにしたばかりだ。もしかしたら、なにかを感じ取っているのかもしれない。

「……止まって、様子を見ましょうか」

「で、も。かんちが……かも」

「大丈夫です。私も、一旦休憩したいですし」

そう、言いかけたときだった。踏み込んだ草原に、大きな影が見える。

「……ッ？　これは」

それもまた、こちらを見つけたらしい。ズズズとこちらに這《は》いずりながら、長く太い鎌首を持ち上げた。

「──ッシャア！」

「ッ、道理で」

それは、魔物だった。巨大な蛇の魔物──なんらかの影響を受け生じた変異種か。古木のように太く、頑強な鱗《うろこ》で長い全身が覆われている。すでに臨戦態勢なことから、好戦的な性質《たち》なのが窺《うかが》える。昨晩の熊が怯えていたのも、こいつのせいか。

(放っておけば、近隣の村にも被害が及ぶな)

ふつうの動物と違って、魔物ではリズレによる対話も難しいだろう。

「あ、の。くすりうり、さ」

「リズレさんはここで、少し待っててください」

大蛇から目を離さないように、そっと荷物とリズレを地面に置く。鞄のポケットには、非常用の強壮薬が入った小瓶があり、それを一口含む。瞬間的に、動体視力や瞬発力を上げるものだ。更にナイフには極魔力《アルマ》により、振動魔力を付与する。

——極魔法《アルマ》は基礎的な魔法とは異なり、術者の魂の性質や特性が深く関わってくる。私が過去、修練により身に着けたのは、あらゆるものに「振動」を付与——あるいはそれをコントロールするものだった。

悩む間もなく、威嚇音《いかくおん》を上げながら大蛇が勢いよく噛みつこうとしてきた。

(これで、いけるか)

「……ッ」

強化された足で地面を蹴り、リズレから離れた方へ跳ぶ。すぐさま、蛇の尾がそれを追いかけてきた。ナイフの側面でそれを受け流しながら、もう一歩飛ぶ——今度は、内側に。

「——ッフ!」

息吹と共に、ナイフを振るう。固い鱗に覆われた大蛇の身体だが、振動魔力により切れ味が増した刃《やいば》はそれを深く切り裂いた。同時に、強烈な生臭《なまぐさ》さが鼻をつく。「ぎぃぃぃぃっ!」と蛇が悲鳴を上げ、尾でこちらを叩こうとしてきた。

「っは!」

振り下ろされるタイミングに合わせて、ナイフを突き立てる。深々とナイフが刺さった尾はびたんびたんと跳ね、更に傷を深くした。ますます尾が鞭《むち》のようにしなり、そこらじゅうを叩き暴れる。

「――ッ」

一瞬、尾が掠った手の甲に痛みを覚えるが――より強く、柄《つか》を握る。躊躇《ちゅうちょ》して隙《すき》を見せれば、すぐにでもその巨体に巻きつかれ、圧死させられてしまう。全身筋肉とも言うべきその身体を使い、まるでバネのように素早い動きで飛びかかってくる大蛇。その喉元に狙いを定め、下から大きく切り裂く。

「ぎ……ッ」

ズドンと音を立て、蛇は地に落ちた。ぴくりぴくりと身体が跳ね、やがて静かになる。

「――リズレさん、お待たせしました」

べとりとした体液で汚れたナイフの刃を、布で拭《ふ》いて鞘《さや》におさめる。リズレは「だいじょ……です、か？」とおずおず訊ねてきた。

「ええ。問題ありません」

右手の甲はやや傷を負っていたが、そう深くはない。痛みこそあるが、指を動かすのにも支障はなさそうだ。念のため、神経毒に効く抗毒薬を打って、包帯で止血をしてから、荷物とリズレを背負い直した。

「行きましょう。目的地は、もうすぐです」

「……は、い」

小さな声で、背中のリズレが頷いた。

今だけは——リズレがこの光景を見られず、良かったと思う。

きっと心優しい彼女は、深い傷だらけになり地に伏せる大蛇にさえ、心を痛め涙を流してしまうだろうから。

第四話　遭難と光

転移屋《ポータル》のある山間《やまあい》の街カルガに着いたのは、工房を出てから二日目の夕方だった。

右手の傷は戦いのときよりも、やや痛みを増していた――が、必要な処置はした。特に気にするほどではない。それよりも気がかりなのは、転移による「酔い」の耐性が、リズレにあるかだった。こればかりは慣れと体質による部分が大きいため、どうなるか分からない。

「せっかく着いたばかりですが、さっそく転移屋《ポータル》に向かってしまいましょう。宿は、転移先の北の街でもとれますし」

「は……い」

街に入って空気が変わったためか、リズレは森の中にいるときよりも落ち着かない様子だった。一度、リズレを降ろす。山地とは違い、舗装された固い地面。往来する人々の靴底から落ちた細かい砂粒が薄く積もっていて、じゃりっと擦《こす》れる音が鳴る。

「リズレさん、もう少しです。私の友人は変わっていますが……医師としての腕は本当に確かですから。リズレさんの身体がもっと良くなるための手助けをしてくれるはずです」

「あ……は、い」

リズレが、こくりと頷《うなず》く。——手足が自由に動かないことで不安や焦《あせ》りを誰よりも感じているのは、リズレに決まっている。モフモフと柔らかいフードを深く被《かぶ》せ、ぽんとその頭を軽く叩いた。

「行きましょう、リズレさん。一緒に」

「……はい！」

心なしか声に張りが出たリズレを背負い直し、私は転移屋《ポータル》の扉をくぐった。

「アー……お断り致《いた》します」

「は……？」

店主である転移士の言葉に、思わずひくりと口元が歪《ゆが》む。部屋奥のカウンターと、中央に広がる空白の円陣のみが設置された、香りすらない無機質な店内——カウンターで椅子に腰かけた、身なりの良いその男は頰づえをつきながら、ジロリと無遠慮な視線をリズレに向けた。

「薬師《くすし》様。恐れ入りますが、耳長の方は転移にご一緒できかねますので。いやネ、実際今までにもいなかったわけではないンですがね……そういう物好きな——いえ、好事家《こうずか》のお方がね」

「いや……ちょっと待ってください」

耳長というのは、エフルの身体的特徴を揶揄《やゆ》する蔑称《べっしょう》だ。引っかかりを覚えながら、なんとか状況を説明しなければと言葉を重ねる。

「ええっと、この方は患者で。今回は治療のために北方へ」

「はぁはぁ。まぁ、なんにせよここは人間用なんでしてネ。いやー、頭巾《ずきん》してても分かるンですよねェ。肌や、眼、髪の毛の色で」

ちらりと、転移士の視線がリズレに向けられる。まるで値踏みするような、無遠慮な眼差《まなざ》しだ。

（転移士は相手にする客層上、擦《す》れた者も少なくないとは聞くが……）

案の定、転移士は猫撫で声で続けてきた。

「ンまぁ……どうしてもォと言うのであれば、特殊貨物申請とそれに伴う適切な手数料のですね」

「特殊貨物ですか？」

どこまでバカにするつもりなのか――分かっていたことだが、腹の底にふつりと怒りが湧いてくる。が、それを遮《さえぎ》ったのはリズレだった。

「くすりうり、さん……あっの、ごめーわくを……お、おかけ……しちゃう、ので。その、やっぱり……わたしのこと、は」

「――ッ」

おずおずと……目に涙を浮かべながらもそれを必死に堪《こら》え、自分が不当な扱いを受けることへの怒りではなく、私に迷惑をかけることへの心配をする。

そんな彼女を見ていれば、もう限界だった。ふつりとした怒りどころか、頭の先まで痺《しび》れるような熱さが込み上げてきた。

それでも、その怒りをまさか暴力という形で表に出せば、ここを利用できず不利益を被《こうむ》るのもまた彼女だ。

「――料金は二倍払うので、なんとか速《すみ》やかに送っていただけませんか。何卒《なにとぞ》」

できるだけ声を平坦に落ち着かせて言ったつもりではあった。顔が引き攣《つ》っているのは自覚していたし、今にも血管が切れてしまいそうなほどに目に力を込めて、お願いをする。気負いすぎてしまったせいだろうか――手は自然と、ナイフがしまってある腰へと伸びていた。

その動きに、なにかを感じ取ったのか――ヒッとおかしな音が、目の前の転移士の喉《のど》から漏《も》れるのが聞こえた。さすが、様々な客層を相手にしているだけのことはある。

「すっ、すぐ準備しますので、少々お待ちを……！」

転移士はカウンターからまろぶように出て、転移の準備を始めた。

空白だった円陣内に魔法陣が浮かび上がり、それによって転移先の空間座標が指定される。

「くすり、うりさん……？」

「ちゃんと、送り届けてくださるそうです。良かったですね、リズレさん」

移動のため背負子《しょいこ》を背負い直すと、リズレは嬉しそうに「はい」と頷《うなず》いた。

「あっ、代金も割増などなく到着先でお支払いを……」

態度を急変させた転移士に、「お気遣《きづか》い感謝します」と言葉だけで礼をする。倍払うのもやぶさかではなかったが、リズレを貨物扱いすることを取り下げてくれたのであればなによりだ。

部屋の中央に立つと、転移魔法が作動しヴゥゥゥンと低い音が聞こえてきた。その音を聞くうちに、グンと全身に圧を感じた。視界が、白く輝く。

転移魔法だ。

ぐわんと脳が揺れる感覚と、強い浮遊感が襲ってくる。ぐっと唇を噛みしめる。時間にしては、ほんの一瞬で――「ようこそお越しくださいました」と、チカチカする視界の外から声が聞こえてきた。

「こちらは、北の街ノースベイルの移動舎となりまーす。ご利用、ありがとうございましたー！」

明るい案内役の女性の声に、転移が成功したことを知る。さすが、あのような性格でも難関と言われる転移士免許を持っているだけのことはある。

「リズレさん、大丈夫ですか？」

すぐに視界は元に戻り、料金を支払って店を出たところで声をかける。背中から聞こえてきた「だいじょぶ、です」という声は疲れを隠せない様子だった。転移では、魔力流と呼ばれる目に見えない一種の波に運ばれるわけだが、身体に負担がかからないわけではない。翔《と》んだ距離に比例して、ある程度の疲労が蓄積する。

ノースベイルの空気は、移動前のカルガに比べ各段に冷たく、防寒具から出た頬や鼻がチクチクと痛いくらいだ。息が白く凍る。ここはすでに、真冬だった。

「もうすぐ夜になりますし、宿をとってしまいましょうか」

「わ、たしは……おきづかい、なく」

「この街の名物は、豚肉や野菜とチーズを具にした揚げパンらしいですよ。珍しい料理ですよね」

「……とま、ります……！」

リズレが珍しく力強く頷くのを聞いて、彼女の食への関心が強いことを再確認する。転移屋《ポータル》で不快な想いをしたのも、これで吹っ飛ぶだろう。

——なお、さっそく宿でシギロペという名の揚げパンを食べたリズレが、「ジュワッておいしい」と耳をぱたつかせながら喜んでいたことは言うまでもない。

＊＊＊

物心ついたときには、両親というものは存在していなかった。

私にとって大人という存在は石を投げつけてくるものであり、同年代の子どもはそれに便乗して指差し嗤《わら》ってくるものだった。

その日、私は木に寄りかかりながら地べたに座り込んでいた。前の晩の雨で、地面はじっとりと湿っていたが、今更気にもならなかった。

食べるものを探すための気力も、もうなかった。路地裏を這《は》い回り、畑に忍び入り、罵声《ばせい》と暴力を浴びせられながら生きてきたが、そろそろ限界だった。寝るところも日によって変えないと、すぐに追い出されてしまうため、睡眠は息を潜《ひそ》めるようにこっそりと短時間で済ませることが常となっていた。

最初に見えたのは、大きな足だった。それが目の前で止まったため、私は俯《うつむ》いていた顔をそっと上げたのだった。酒の匂いをさせる大人が気まぐれに殴ってくることもあったので、できれば痛くしないでほしいなぁと思った。

（あ。角《つの》……）

それは、見たことのない大人だった。足と同じく大きな身体で、額《ひたい》からは尖《とが》った角が二本生えていた。身体のあちこちに巻かれた包帯も、浅黒い肌も、ぼろぼろの大きなマントも、背中に負ったやけに大きな剣も。なにより――こちらに向けてくる表情も、初めて見るものだった。

それが笑顔だと分かったのは、しばらくしてからだった。指差してくる子どもらの笑顔とは、あまりにも違いすぎたから。

「なんだお前さん。腹減ってそうだな」

確かに空腹だった。痛いくらいに。ただ、空腹でないことなんてなかったため、言われている意味がよく分からなかった。

その大人は、ごつごつとした大きな手を差し伸べながら続けた。

「一緒に来い、食わせてやる。――ほら、ついてきな」

それは、私が生まれて初めて聞く言葉だった。


花のような、柔らかな甘い香りがした。ふっと目を覚ますと、すぐ目の前にリズレの顔があった。思わず、息を止める。

とれた宿は、しかし寝台が一つしかない部屋で、並んで眠ることになった。私は床で寝ようとしたが、リズレが「それなら自分が」と譲らず、このような形になったのだが。

(よく……寝ているな)

リズレは穏やかな呼吸音を立てていた。あどけない寝顔に、思わず頬が緩《ゆる》んだ。治療で触れたり観察したりすることはあっても、こうもまじまじと寝顔をただ見つめるという機会は、そうなかった気がする。

(私も……思ったより、しっかり寝てたのか)

山の中で歩き通しだったことと、転移の疲れとが重なったのか。ずいぶんと古い夢まで見てしまった。

（……懐《なつ》かしいな）

イルダ人《人間》に石を投げつけられる日々を送っていた幼い私を助けてくれたのは、魔族――ハーフオーガである彼だった。人間に迫害される立場である人だったが、同時に強い人だった。あの人のおかげで、今の自分がある。

だからだろう――目の前にいる彼女を初めて見たとき、放っておくことなどできなかったのは。

すやすやと、耳に心地良い寝息。布越しの温かな体温。ほのかに感じる甘やかな香り。

――安らかな空気が流れている。

気がつけば。私はまた、誘《いざな》われるように眠りについていた。

＊＊＊

前を見つめる目が、息をする肺が。手袋をはめた指先も、雪を蹴るように歩く足先もなにもかも。全身が、凍った空気に刺されて痛みを訴える。正面から吹きつけてくる雪とその痛みのせいで、ただでさえ薄い空気を肺がうまく取り込めない。息が、苦しい。

「くすり、うり……さん。だいじょ……ですか？」

背中越しに気遣われ、私は「大丈夫です」と答えかけてから、素直に「すみません」と言い直した。

山道を歩く足が重い——身体が熱く、なにより全身が怠《だる》い。

(これは……天候と、疲れのせいだけじゃ、ないな)

私とリズレは、吹雪《ふぶき》の真っただ中にいた。友人の館がある山嶺《さんれい》——その山道を、橇《かんじき》を履《は》いて歩いているところだった。

ノースベイルから山の麓《ふもと》までは鹿車《ろくしゃ》でゆったりと移動できたが、そこからはどうしても歩かないわけにはいかなかった。それでも歩き始めたときにはすっきりと晴れた空だったのだが、雪がチラつき始めてからこの空模様になるまではあっという間だった。

おまけに、この体調不良だ。

(ただの風邪なら、まだマシなんだが……)

蛇の魔物と戦ったときの傷が原因だとしたら、少し厄介だ。ただ休めば治るというものでもないだろう。やはり毒か、別の感染症か。回らない頭でぐるぐる考えたところで、どうにも解決策など思いつかないが。

(口にはしないが、降ろすこともできない状況が続いていてリズレさんだって辛《つら》いはずだ……どこかで、一旦休憩しないと)

視界が最悪な中、必死に目を凝《こ》らして歩くと、白い景色に紛《まぎ》れるようにして、微《かす》かに黒い色が見えた——洞穴《ほらあな》だ。僥倖《ラッキー》なことだと、私はそちらを目指した。

大した距離があるようには見えなかったが、実際にそこまで辿《たど》り着くまでにはかなりの時間が必要だった。

そんなに深い洞穴ではない。雪の下に深く埋もれた岩地が削れてできた、ちょっとした窪《くぼ》みのようなものだ。それでも、雪と風が遮られる分ほんのわずかに寒さが和《やわ》らいだ気がし――その瞬間ドッと疲れが出て、倒れ込みそうになるのを堪えるのに必死だった。

まずはリズレと荷を降ろし、それから鞄の中から乾いた枝を取り出して火をつける。

「スープでも、温めましょうか」

そう、鍋を出しかけたところで手が滑り、地面に落としてしまう。ガァンと大きな金属音が、洞窟内に反響した。

「すみません、ちょっと……力が」

「だいじょぶ……です、から。むり、しないで……」

「無理じゃないですよ。でも……今夜は、ここで夜を明かすようかもしれないですね」

外から聞こえてくる雪風の音は強くなるばかりで、止《や》む気配がない。おまけに、寒気と倦怠《けんたい》感は強くなっていた。右手がじんじんと痺れ、感覚が鈍《にぶ》い。

「こんなことになっちゃって、すみません……」

「いえ……そんな。きにしないで……ください」

リズレはそう言って、黙り込んでしまった。リズレもまた、疲れているのだろう。動けないまま吹雪に晒《さら》されていたから、身体だって冷えてしまったはずだ。

「──スープ、温まりましたよ。どうぞ」

言って、宿で分けてもらったスープをリズレの口元に運ぶ。彼女は一度ぎゅっと唇を噛んでから、「すみません」と言葉少なに、それに口をつけた。


翌朝。吹雪が収まった山道を再び歩きだすことにした。積もったばかりの雪は柔らかく、橇を履いていても身体が沈みやすい。歩きづらいな……そう思いながら、身体を引きずるように進むが──それが雪だけのせいではないと気づいたのは、日が高くなり始めた頃だった。

目が眩《くら》むのは、太陽を反射する雪の光のせいかとも思ったが、違うらしい。私自身が昨晩からの不調を引きずっており、それが明確に表れている。

(過信したか──)

悪いクセだ。自分一人で、どうにかできると思い込んで、無理をして。注意もされていたはずなのに。

「すみませ……リズレさん、ちょっと──」

言葉も上手《うま》く出てこない。頭が回らない。でも、ただこのまま倒れるわけにもいかない。

(救難魔法を──)

指に魔力《マナ》を流し、虚空《こくう》にイメージを膨《ふく》らませる。……ダメだ。まだ意識を失ってはいけない。

彼女を、リズレを助けるためにここまで来たのだから。

なにもできずに、こんな場所で倒れるわけには――。

＊＊＊

強い揺れと衝撃に、リズレは思わず目をつぶった。それから慌てて、自分をここまで背負ってきてくれた薬売りさんに声をかける。

「くすりうりさん……！　だいじょぶ……です、かっ？　くすりうりさん――ッ」

返事はなく、ハッハッと荒い息が聞こえた。おかしい――なにかが、起きている。

（くすりうりさん、どうしちゃったの……？）

分からない。背負子に括《くく》り付けられ身動きも取れず、目も見えない自分には……今は、なにが起きているのかさえ把握できない。

昨日から、薬売りさんの様子はおかしかった。背中越しの体温はいつもより温かく、呼吸が乱れているようだった。

「ちょっと、疲れてしまったみたいで……」

洞窟では、そう優しい声で言っていた。それなのに、リズレのために火を焚《た》き、スープを温めて、食べさせてくれる。そんな薬売りさんのためになにもできない自分をもどかしく思いながら、一晩を過ごしたが。

「くすりうりさん……きっと、ぐあいが……どうし、たら」

どうして、こうもわたしは役立たずなの？　薬売りさんを助けたいのに。助けを呼びに行きたいのに。どうして一歩だって前に進めないの。どうしたら、薬売りさんを助けることができるの。

「わたし……ほんと、めいわくかけてばかり……やくたたず……っ」

そもそも、薬売りさんがここまで来ることになったのは、リズレを友人の医者に診《み》せるためだった。それなのに、自分はなにもできないというのか――。

（そんなの、いやだ）

助けたい――この、優しい人を。

目の見えない自分は、この人の顔すら知らない。だが、心細く苦しい想いをしているところを救ってくれたのも、耳長と蔑《さげす》まされる自分のために怒ってくれたのも、ぜんぶぜんぶ――。

（くすりうりさん、なんだから……！）

「こん、どは……わたしが……なんとかしなきゃ……！」

泣き言なんて言っていられない。絶対に、この人を。薬売りさんを、助ける。

――全身が熱くなる。森で、歌った夜と同じだ。身体中を魔力《マナ》が巡る。

「くすりうり、さんを……たすけて……ッ」

カッと、目の前に光が満ちた。眩《まぶ》しすぎるその光に、リズレは思わず目蓋《まぶた》をギュッと閉じる。

それは、自分の胸元から発せられる光だった。

（くすりうりさんにもらった、くびかざり……ッ）

救難信号。確か、それが備わっていると薬売りが言っていた。

首飾りはしばらく強く強く輝き続け、リズレの目が痛いほどだった。それでも、思わずにはいられない。

（もっと、もっともっともっともっと――！）

輝いて。いつまでも、ずっと。もっと強く。誰かがこの優しい人を助けてくれるまで。どうか、どうか――。

「……ッ」

ふっと、横になったままなのにもかかわらず、頭が揺れた気がした。目眩《めまい》だ。

潜在的な魔力《マナ》を一気に首飾りに注ぎ込み、枯渇《こかつ》する。それと同時に、首飾りは光を失った。

パキリと音を立て、その宝石部が砕ける。

「だ……め。もっと……」

魔力《マナ》の枯渇もそうだが、それ以上に半身が漬かった雪が、リズレの熱と体力をどんどん奪っていた。

（だめ……ねちゃ、だめ。まだ、くすりうりさんを……だれか）

リズレの意思と反して、限界を迎えた身体は今にもその意識を手放そうとしていた。

「くすり……うり、さん」

せめて、その身体に覆《おお》い被さることができれば、温めてあげることができるのに。目からこぼれた涙が、頬を横に伝って雪面に落ちる。

もしこの手が動いたら、せめて。手を。

「だれか……くすりうりさんを……たす、け」

その声が、音になったかも自分では分からなかったが。

その意識を手放す瞬間、リズレは誰かの足音を聞いたような。そんな気がした。

挿話・一

空っぽの手を持つ青年

全て終わってしまった。

目指していたもの。理想。それをともに追っていた仲間たち。そのなにもかもが。崩れ、敗けて、失った。

残ったのは、汚れきった自分の手。なにもつかむことなどできなかった、この手だけ。

「——おい、聞いているか?」

よく聞き知った男の声に、青年の意識は引き戻された。じっと見つめていたのは、自分の手だった。固く、傷だらけの手は、実年齢よりも歳を重ねて見える。

「すみません。聞いてなかったです」

正直に答えると、溜め息が返ってきた。

青年と男がいるのは、真っ白な部屋だ。飾り気《け》のない——そこは病室だった。もっと言えば、医者でもある男の館に設けられた病室だ。窓からは、真っ白な雪が見える。

「これから、おまえはどうするんだ?」

たぶん、二度目になるのであろう問いかけを投げられ、青年は固まった。正直答《なおさら》えに困った。しなければならないことはある――それが、大切な人の遺《のこ》した言葉だから、尚更。

でも。

俯《うつむ》いていた顔をゆっくりと上げる。つぎはぎだらけの身体をした男は、青年の顔を見た瞬間、再度の溜め息を吐《つ》いた。

「辛気臭《しんきくさ》い顔だ。仕方がないだろう……もう、終わったんだ。あいつも……還《かえ》っては、こない」

「はい……」

そうだ、分かっている。

失ってしまったものは、もう還ってくることはない。

よく知っている。自分が長年、してきたことだから。

外気のためか、部屋の中も少し肌寒かった。冷たい空気が通った気がして首の後ろをさすると、伸ばしかけの髪が当たった。恩人であり、親でもあった人を真似して伸ばしていた。いつもその背を見ていたから、少しでも近づきたくて。

(でも……もう、いない)

窓の外を見つめる。黒い大地を覆《おお》い隠すほどの、雪景色。真っ白な、無垢《むく》の世界。

「……あの。訊《き》いてもいいですか」

外を見つめながら、青年は声をかけた。男は博識だから、きっと自分の疑問にも答えてくれるのではと、そんな期待があった。「なんだ」と、男はすぐに訊き返してきた。

ふと、外の景色を透かす窓に、自分の顔が映り込んでいることに気がついた。澱《よど》んだ、光のない目。どこかで見たことがある——と思って、すぐに気がついた。

（あぁ、そうか）

自分が命を奪ってきた。そんな人々が最期《さいご》に見せる目だ。

（俺もうきっと、死んでるんだ）

恩人が亡くなる寸前、告げてきた言葉に刺されて。これまでの自分の人生は、死んでしまったのだ。

洗っても洗ってもうす汚い、空っぽの手。なにもつかめやしない手。自分には、もうそれしかない。

青年は振り返り、男を見た。男の蛇に似た瞳に映る、死んだ目をした自分が、ぽつりと呟《つぶや》く。

「好きに生きる、って……なにをすれば、いいんでしょうか」

「今から会いに行く医者は変人だがな、まぁ悪い奴ではないから安心しろ。腕もピカイチだ。……ははっ、大丈夫だって！　変人だがな」

浅黒い、大きな固い手のひらでボンッとこちらの背中を叩きながら、彼は言った。

二本の角《つの》のすぐ下には包帯が巻かれており、片目が見えないようだった。「そんなにすごい医者なら、それも治してもらえばいい」というようなことを言った覚えがある。彼は少し困ったように、「こいつは時間が経《た》ちすぎたから無理なんだ」と笑った。なんだか、いつでも笑っている人だなと思った。

彼が私を医者に診《み》せようと思ったのは、あまりにガリガリだから、だそうだった。栄養失調状態が長く続くことで、身体に不調が起きてしまうこともある。それを心配してのことだった。

「アダム！　ちょいとこの子を診てやってくれねぇかな」

知人の館に、まるで我が家のように遠慮なく入り込んだ彼は、そう私のことを差し出した。

アダムと呼ばれたその人は背が高く、白衣を着ていた。長い髪に顔が隠れているせいで、男か

女かもよく分からなかったが、その第一声で高慢そうな性格は窺《うかが》えた。

「はァ？　僕は研究で忙しい。なぜまた僕が、貴様の犬の世話を？」

犬。犬か。まぁそれはそうか、と子どもだった私は変に納得した。

街では、そこらにいる野良犬と変わらない生活をしていた。少なくとも、こんな屋敷に住んでいて、医者をしているような人間からしたら、犬と大差ないに違いない。

そしてそんな扱いをされるのは、充分に慣れていた。

「そう言うな。こいつは、大事な子さ」

わしっと、彼はまた無遠慮に、私の頭に手を置いた。言われた意味が分からず、ポケッとしてしまう私を、振り返った医者の目が見つめた。縦《たて》に長い瞳孔《どうこう》が、なにかに似ていると思っていると、その目がじろじろとこちらを観察し始めた。それは診察というよりも、まるで――あぁ、そうだ。まるで、獲物を品定めする蛇のように。

更には手がすっと伸びてきて、私のやせ細った腕を取った。指先が異様に冷たく、ひやりとした感触が背筋にまで伝わる。ふと白衣の袖口《そでぐち》から覗《のぞ》いた手首に、つぎはぎのような縫い目があるのに気がついて、私は何の気なしにそこをじっと見つめた。

チッと、医者の舌が鳴る。

「まったく……連れてくるなら、生きた子どもより新鮮な死体にしてくれ。部品《パーツ》の一つや二つが取れるようでなければ、僕としてもうま味が――」

＊＊＊

（――またずいぶん昔の夢を見たな……）

目を開いた瞬間、そう理解して私はため息をついた。

最近はよく、昔の夢を見る。もしかしたら、一種の走馬灯《そうまとう》なのかもしれない。実際、私は雪山で倒れ伏している真っただ中だった。リズレを助けることもできず、なんて情けない――。

「あれ……ここは」

思い違いに気づいたのは、寒さを感じなかったからだろう。それから、景色。どう見たって、どこかの室内だ。ついでに言えば、ふかふかな床は雪のような冷たさなど微塵《みじん》もなく、むしろ温かい。寝台に寝かされているのだ。ほのかに、薬品特有の青臭《あおくさ》さと、それからアルコールの香りがする。

「ようやく目が覚めたようだね、黒スケ」

「っ！」

聞き覚えのある声に目を見開くと、少女がいた。しかも、私の枕元に。

身体に張り付くようなニットのワンピースの上に、白い上着を羽織っている。癖《くせ》のある銀色の髪は腰まで無造作に流し、蛇のような紫色の瞳が、面白がるようにこちらを――いや。

（怒ってるな、コレは）

そう察したのは、長年の付き合いだからこそ、だろう。案の定、彼はどこか引き攣《つ》った笑みで続けた。

「貴様ァ。また破ったな？　アイツの言いつけを。ゴーシュを向かわさなければ、エルフの子ともども、野垂れ死にだったぞ」

ワイングラスを片手に小言を垂れるのは、まさしく知己《ちき》であり、今回ここまで訪ねてきた相手――アダムスカ、当人だった。

「アダムさん……お久しぶりです」

「久しぶりとその口が言えるのも、ゴーシュのおかげだと思え。貴様の信号が弱すぎるせいで、探し出すのにどれだけ苦労したと思ってる。魔力《マナ》が足りなさすぎる」

「や……その、途中で魔物と交戦しまして。それで、少々負傷を――」

「怪我《けが》はきっかけに過ぎん。貴様はただの過労だバカモン。弱っちいくせに魔物と闘うな」

「いや、でも」

「頭さえ使えれば、やりようはいくらでもあるだろう。それを正面からぶつかることしか考えられんからそういう目に遭《あ》うのだ脳筋が。しかも、そんな弱っちさで判断をギリギリまで躊躇《ためら》いおって、グズがっ」

「……すみません」

とめどなく流れるように浴びせられる罵倒《ばとう》をどうにか止めようと、とりあえず謝っておく。

それより、今気になるのは。

「あの、リズレさん……エルフの女性は」

「もちろん、エルフの子も無事だ。今は別室にいる。というわけで、だ」

アダムスカはそう言うと、にたりと笑った。

「無事でなによりだが……金は？　カネ」

「もちろん用意しましたけど……」

助手のゴーシュが、巨体に似合わず（と言ったら失礼かもしれないが）小さなカップに温かな薬湯《やくとう》を入れ、こちらに手渡してくれる。傍若無人《ぼうじゃくぶじん》な主人の姿など、見慣れているのだろう。

「アダムさんも働けば、お金には困らないんじゃ」

「イヤだね絶対に。絶対にイヤだ」

「二回も」

「僕の叡智《えいち》は、僕の好奇心と探究心を満たすためのものさ。例えば町医者なんてもっての外《ほか》だし、金持ちの道楽に付き合うつもりだってないね」

言いながら、アダムスカが自分の頭をコツンと軽く叩いてみせる。額《ひたい》には深い縫い目があり、それは全身に及んでいた。

アダムスカが「不死の闇医者《なずのもぐり》」と呼ばれる所以《ゆえん》であり、肉体研究のために自分の身を捧《ささ》げデミ・リッチとして存在している証《あかし》でもある。現在の身体も、どうやってか仕入れた他者の部位《パーツ》を利用して作ったものだろう。

「それじゃあ……これくらいで足りますか？」

回収してもらっていた荷から、用意しておいた金貨を取り出す。細々と暮らしつつも、倹約趣味によって溜め込んでいたものだ。

それを見たアダムスカの目がキラキラと輝く。

「うーん上々だッ！　しばらく部品《パーツ》集めにゃ困らないね」

満足そうに言うと、アダムスカはそれらをゴーシュに回収させ、くるりと身を翻《ひるがえ》した。

「それじゃ今度は、本題のエルフの子のところに行くとするかな」

「それなら私も――」

そう、起き上がりかけるも。パチン、とアダムスカが指を鳴らした途端、そそくさとゴーシュが私の手首に手錠をかけ、そのまま寝台に固定した。

「アレェエエエッ？　あのっ、アダムさんっ？」

「ひとまずもらうものはもらったし、貴様はしばらく絶対安静だ」

「いや、でもリズレさんは私の患者さんで――」

「絶対安静、だ」

有無《うむ》を言わせない口調に、ぐっと言葉を詰まらせる。彼が絶対安静と言うなら、きっとその必要がある状態なのだろう。

「貴様も薬師《くすし》だ。患者への責任感があるのは分かる。安心しろ、彼女はちゃんと診察《みと》いてやるよ」

「……はい」

そうだ。そもそもは、このためにここまで来たのだ。

アダムスカの、死体を利用した魔医学実験は倫理的に怪《あや》しいし、自《みずか》らが人間としての道を外れてもその研究に血道《ちみち》を上げ続ける変人ではある。が、医者としての腕は確かで、決して悪人というわけでもない。それを充分理解できるだけの長い時間を、彼とは共にしている。

「……すみません、よろしくお願いします」

「あぁ、任せろ。僕の極魔法《アルマ》にな」

そう微笑むアダムスカ——の、笑みが一瞬、ねっとりと崩れる。

「ンふ……エルフの骨は、久しぶりだァ♡」

「……ッ、あの、やっぱり私も！」

暴れるも、完全に固定された状態では浜に打ち上げられたエビのようにびたんびたんと跳ねるのが限界で。ヒラヒラと手のひらを振って、アダムスカは部屋を出ていった。

アダムスカの極魔法《アルマ》は、誤診断なしの規格外の力だ。私自身、その力により過去助けられた。

幼い頃に私を拾ってくれた恩人と、そしてその友人であった彼のおかげで、今の私があると言ってもいい。

だから、アダムスカの診察は信頼しているが。

(自分が何もできないというのは……なんとも、落ち着かないものだな)

手錠で繋がれ、天井を見ているしかない自分の歯痒《はがゆ》さ。それも、判断を誤ってリズレを危険な目に遭わせた罰だとすれば、仕方がないのかもしれない。

やがて、欠伸《あくび》をしながらアダムスカが戻ってきた。

「あの、リズレさんは……」

「向こうでまだ眠っている。一気に魔力《マナ》を放出したことで、疲れきってるんだな。まぁ、間もなく目を覚ますだろうさ。会ったら、礼を言うんだな。彼女のおかげで、ゴーシュは貴様らを見つけることができたんだ」

「そうでしたか……」

彼女を助けるつもりで来た旅路だったが、逆に助けられてしまった。だが、それだけのことができるほどに、リズレが回復していることは喜ばしくもある。

「詳しい話は食事をしながらにしよう。ゴーシュの料理はなかなかいけるぞ。文字通り、料理人の腕《パーツ》を持っているからな」

主人と同じくツギハギだらけの身体をしたゴーシュの腕を軽く叩きながら、アダムスカが言う。

「あの……それはいいんですが。そろそろ、外してもらえませんか？」

じゃらりと音を立てる手錠に、「おっと忘れていた」とアダムスカは嘯《うそぶ》いた。


料理は確かに美味《おい》しかった。手製のパンに肉料理、スープ、サラダ……品数も多く、一品一品手が込んでいる。薬品臭《しゅう》の漂っていた室内は、あっという間に食欲をかき立てられる香ばしさで満ちた。リズレに食べさせてあげたら喜ぶかなと、思わずステーキを見つめてしまう。

「なかなか興味深い状態だったよ」

自身の口の大きさに合わせ、小さくステーキを切り分けながら、アダムスカは上機嫌に言った。

「肌や内臓の損傷は、自然治癒《ちゆ》していくだろう。貴様の処置も悪くなかった」

「それは……安心しました」

最近の様子を見ていると、確かにそのあたりは心配もあまりないだろうとは感じていた。が、信頼する医師からお墨付きをもらえるのは心強い。

とはいえ、本題はここからだ。

「肝心の目と四肢はァ」

「……はい」

「まず右目はだな、視覚を魔力《マナ》が故意に遮断している。対して左目は……眼球《パーツ》があっても、もう神経とは繋がらんだろう」

「そうですか……」

故意に遮断――それは、きっと己《おのれ》の身と心を守るための、防衛反応だったのだろう。恐ろしいものを、それ以上見ないで済むように。

「そして手足だが、こちらは外傷ではなく腐食の呪いと感染症が併《あわ》せて絶賛進行中。おまえが手紙で書いた通り、進行はかなり緩《ゆる》やかだがな。単に、エルフの特殊な代謝構造の恩恵を受けているだけだろう。遅延はさせても、止めることまではできない」

「……治すことは」

「おまえも分かるだろう？　腐食した部分は、もうどうにもならん。それこそ、新しい部位《パーツ》でもなければな」

アダムスカはそう言うと、手元のグラスをくいっと傾けた。赤い液体が、グラスの中で静かに揺れる。紫色の瞳がこちらを向き――はっきりと告げてくる。

「放っておけば、命に関わる。……まァ、四本とも、ここで切除《き》っていくしかないだろうな」

＊＊＊

出会った頃から、壊疽《えそ》を起こしていたリズレの手足。切除に踏みきれなかった私は、知らず知らずに彼女の命を危険に晒《さら》していた――。

「……失礼します」

リズレが目を覚ましたと聞いた私は、彼女の部屋を訪れた。寝台に横たわったままの彼女は、私の声を聞くなり「ぶじで、よかった……」と微笑んだ。

その横に置かれた椅子を引き、腰を降ろす。やや小ぶりなイスは、ギッと小さく悲鳴を上げた。

「ありがとうございます。リズレさんのおかげです」

「そんな。わたし……むちゅうで、なにをできたのか」

「あの救難信号の首飾りで、助けを呼んでくださったんです。だから今、こうして二人とも無事でいられるんですよ。すみません――私の判断ミスで、危険に晒してしまって……」

言いながら、言葉が重く自分の腹にのしかかる。判断ミス。なんだか、そればかりだ。

雪山でも……その前からも、ずっと。それなのに、なにもできない自分へのもどかしさ……これはもう、怒りに近い。無能な、自分への。

「……あの。くすりうり、さん。どうか……しまし、たか？」

黙り込んでしまったからか、それともなにかを感じ取ったのか。リズレが訊《たず》ねてきた声には、心配の色が滲《にじ》んでいた。

「……っその。リズレさんのことを、ここの主《あるじ》である友人に、診察してもらったのですが」

「はい」

「……その。手足の状態が、私の見立てより……芳《かんば》しくなく。このまま放置していては、貴女《あなた》の命を奪いかねないということで。なので……」

一瞬、言葉に詰まる。それを、声に出して言いたくない——伝えないで済むなら、どれだけ良いだろうと。そう、思い悩んでしまう。

だが。

「ここで、切断していくしかない……という、状況なんです」

できるだけはっきりと、そう告げた。アダムスカに、その役目を譲るわけにはいかなかった。ここまでリズレを診てきたのは、私であって。責任を負うべきもまた、私なのだから。

「アダムさん……医者の腕は確かで、誤診の可能性は限りなく低いと思われます。また、切断後、リズレさんに適合しそうな手足を探してみてくれるとのことですが……実際に四肢全てが見つかる可能性は低いでしょう。施術には、私も同席するつもりではありますが」

その目を見るのが怖かった。自分の発言が今、どれだけ彼女を不安にさせているのか……絶望させているのか。それを確認するのが、怖い。

例え、現状動かせないとしても。今ある手足の全てを失うのだ——それを恐れない者が、いるだろか。

「すみません、リズレさん。私では力及ばず……」

「……くすり、うりさん」

ぽつりと呼ばれ、わたしは視線をリズレの顔に戻した。

リズレの目元には、涙が溢《あふ》れていた。見えない目は真っ直ぐこちらを向いており、その口元は——気丈にも、微笑みを浮かべている。

まるで、不甲斐ない私を励ますように。

「だい……じょうぶです。わたしは……くすりうりさんを——しんじてます」

「……っ」

真っ直ぐな言葉を。私は、受け止め損《そこ》ねないよう必死に掻き抱《いだ》く気持ちだった。

リズレの肩が震えている。当然だ、怖いに決まっている。顔も知らない相手から、こんな過酷な状況を聞かされて……それなのに、リズレは真っ直ぐに受け入れていた。

「おいしゃ、さんのことは……まだ、わからないです……けど。くすりうりさんの、やさしさや……おくすりの、すごさは。わたし、よくしってま……から。しゅじゅつ……いっしょ、なら、あんしんです」

「……ありがとうございます」

私は頭を下げた。他にもいろいろな言葉が頭を巡ったが、一番言いたいと感じたのはその言葉だった。リズレの、心根の強さに。

そして震えるその肩を、トンと支える。

ここまで信じてもらう以上、私も覚悟を決めなくてはいけない。

「リズレさん」

「……はい」

手術の結果、どうなるか。それは当日まで分からない。

だが、私がやることは決まっている。結果がどうであろうと、この人のために全力を尽くすということだ。

「一緒に……頑張りましょう」

告げた言葉に、リズレは「はい」と頷《うなず》いてくれた。

その肩は、もう震えてはいなかった。


手術までは、日を待たなかった。切断すると決まったからには、健全な部分にこれ以上腐食を進行させるわけにはいかない。

「リズレさん。大丈夫ですからね」

室内は換気と温度管理のために、ひんやりとした空気が満ちている。手術台に横たわったリズレは泣いたり怯《おび》えたりする様子も見せず、「おねがい……します」と気丈に言いきった。

「僕の冷安庫《コレクション》に、適合しそうなものが手と足一本ずつあった。全てを失うことはないし、腐食した手足より役に立つ。むしろ、終わってからの回復訓練《リハビリ》の方が地獄だから覚悟しておけ」

そう軽い調子で、アダムスカが言う。脅《おど》すような口ぶりだが、声音は優しい。きっと、励ましているつもりなのだろう。リズレも、ぎこちなくはあるが微笑んだ。

手術は、竜牙針《りゅうきばり》にて調合した麻酔を打つところから始まった。口と鼻からも霧《きり》状にした麻酔を吸わせたところで、リズレは意識を手放したようだった。

手足を縛り、よく消毒する。強いアルコール臭《しゅう》を、鼻先に感じる。

「貴様は振動ナイフで切断し、断面を処置しておけ。切った先から僕は骨と肉を接《つ》ぎ、馴染《なじ》ませる」

とんでもない内容だが、魔医学の研究と実験を長年繰り返してきた彼だからこそできる技法だ。

「分かりました」

覚悟はもう決めていた。この手術の結果を、背負う覚悟を。

深呼吸を一つし、私は言われた通り、振動を加えたナイフをそっと、リズレの腕に当てた。

——時折、リズレの片目が開き、夢現《ゆめうつつ》に周囲を見回した。意識が戻ったわけではなく、麻酔がよく効いている証拠だった。

肉を断ち、骨を削る音が室内に響き渡る。私は目を凝《こ》らし、処置を続けた。ナイフを通し、指先から肘《ひじ》にかけて伝わってくる感触も、空気に混ざるその匂いも。その全てを噛みしめ、受け止めながら。

アダムスカの腕はやはり確かで、特殊な糸を用いて素早くパーツをリズレの右腕と左脚に繋いでいった。接ぐ神経や骨の位置も、極魔法《アルマ》で正確に把握し、繋がった代替品は見た目にも違和感がない。

「――よし。これで良いだろう」

最後の糸をパチンと切り、アダムスカは頷いた。

手術は予想よりも早く完了した。アダムスカの手腕によるものだろう。特に問題らしいことも起こらず、つつがなく終わった。

私はといえば、逆に予想以上に疲れきっていた。治療として必要な施術とはいえ、大きな音を立てながら親しい相手の肉と骨を断つ作業は、精神的に負荷がかかる。

「病《や》み上がりでの手術だ。疲れて当然だろう」

こちらの顔を見るなり、アダムスカが呆れたように言う。

「なにも言ってないですが」

「おまえみたいな脳筋の考えることなんて、言われなくても顔を見ればだいたい分かる」

手術中は一つにまとめていた髪をほどき、アダムスカはそっと丁寧《ていねい》に、まだ眠るリズレの手を取った。

「……ありがとうございます。適合するパーツを見つけてくださって」

「なに。僕としても、良い実験になった」

アダムスカがニヤリと笑ってみせる。ちらりと涎《よだれ》を垂らしながら、息も荒くリズレの新しい手を見つめる姿は、いかにも怪しい。怪しいを通り越して少し怖いくらいだ。

「この腕はエルフの中でも、魔力《マナ》の強いハイエルフと呼ばれる者のものだ。希少な部品《パーツ》でな。鮮度の良い状態で保存していたが、まさかこんな実験の機会が得られるとは。というのも、この子はふつうのエルフだろう？　回路さえ繋がってしまえば問題ないにしても、その反面、この属性はどうしたって影響を及ぼすだろう。ハイエルフの腕がふつうのエルフの身体と同期することで、どんな化学反応が見られるか、これは貴重な実験データが――」

「……とりあえず患者の腕をにぎにぎしながら、頬擦《ほおず》りしようとするのはやめませんか」

碌《ろく》でもないことを早口で呟き続ける研究者をリズレから引き離していると、ぴくりと彼女の目蓋《まぶた》が動いた。麻酔が、切れたのだ。

「リズレさん。気分はどうですか？」

「だい……じょうぶ、です。もう……おわった……のです、か？」

目をうっすらと開けて応《こた》えるリズレに、変わった様子は窺《うかが》えない。ホッとしながら「無事に終わりました」と頷く。

「腐食の進行も、もうないようですよ」

「そう……です、か。ありがと……ござい、ます」

律儀《りちぎ》に、私とアダムスカに礼を言うリズレの身体をそっと起こし、座らせる。それから、切断した腕に軽く触れた。手術が成功した以上、次に心配なのは術後の痛みと回復訓練だ。

「まだ感覚はありませんか？　しばらくしたら、けっこう痛みがあると思うのですが……」

「へいき……です……。かるくてフシギ……な、かんじです」

顔色を観察しながら、「そうですか」と頷く。手のひらに、つい今しがた感じた身体の軽さを反芻《はんすう》しながら。

「痛み止めもいくらかありますから。痛くなり始めたら、我慢しないでくださいね」

「わかり、ました」

素直に頷いたとはいえ、リズレは我慢強いタイプだからこそ、こちらでよく観察すべきだなと頭に入れておく。

それからリズレは、自分の右腕の方へと顔を向けた。

「あの……あたらしい、うで……や、あしは」

「こちらも、きれいについてますよ。とはいってもすぐには動かせませんが」

「神経の回復と魔力路が結合しないことにはな。しばらくは回復訓練が必要だが、僕はそこまで面倒見れん」

「はい。それは私の方で、責任もって行います」

言外に「任せた」と言われ、頷く。リズレも、慣れた相手の方がやりやすいだろう。

「経過観察は必要だ。それに、黒スケもまだ疲労が完全に抜けきったわけではないからな。二人とも、もうしばらくの滞在が不可欠だ」

「くろ、すけ……？」

「小さい頃につけられた呼び名です……」

リズレに訊《き》き返されると、なんとなく気恥ずかしく、ぼそっと答える。それを面白がってか、アダムスカは更に「いいか黒スケ」と続けた。

「疲労さえ充分に回復させたら、貴様はゴーシュと共に僕の手足となるように。なにせ、僕は貴様にとって今回で二度目となる命の恩人だからな。その分、命をかけて尽くせ。――分かったな？」

ニヤリと笑みを浮かべるアダムスカの目が、こちらを見下ろし強く輝いた。

＊＊＊

「今日は冷安庫の整理を頼む。迷ったら死ぬからな。気をつけろよー」

気軽にそう言いつけ、アダムスカは去っていった。

リズレの手術から五日ほどが経《た》ち、私の疲労も充分回復した。が、リズレの経過観察は続いているため、事前に言われていた通り、私はアダムスカに散々こき使われるハメになっている。

(命をかけて……って、こういうことか！)

貴重な部品《パーツ》を保護するため、冷安室は魔法により氷点下を保っている。薄暗く、そしてやたら広いため、確かにこれは迷ったら死ぬ、という嫌な確信があった。

アダムスカがこんなにも部品《パーツ》を保管しているのは、彼自身が絶えず他者の死体を必要とする身体だからだ。これは彼が生きていくために必須《ひっす》なことであり、過去の実験失敗によって生まれた枷《かせ》であるという。

(それも……アダムさんにとっては、「貴重な実験結果」なんだろうけどな)

そしてそういう彼だからこそ、私もリズレも助けられている。その恩義を思えば。

(この程度の雑用など——大したことではない！)

任されたからには、全力を尽くすのみ。

「うぉおおおおおおおおッ!!」

気合いと共に、デッキブラシで床を磨いていく。身体を大きく動かし、代謝を上げることで体内深部の温度を上げる。これは結果として、凍《こご》えるリスクを下げることに繋がるはずだ。頭に結んだ三角巾《さんかくきん》は、頭頂部を冷やさないために有効だし、エプロンは——まぁ、気合い入れの一種だ。

「まだまだぁぁぁっッ」

部屋の端でターンし、戻ってきたところで「うるさい」とアダムスカに実験用のメスを投げつけられ、私はようやく我に返り、残りはしずしずと掃除を続行したのだった。

リズレはといえば、一日一回アダムスカの診察を受けていた。特に右腕と左脚の結合具合や違和感がないかなどについて、確認しているようだ。その間、雑用をこなした私は、朝昼晩の食事のたびにリズレのところへ顔を出し、食事の介助と血行促進のためのマッサージを行うようにした。特に新しい手足はまだ血の巡りが良くないのと、神経回復のための刺激となるよう、念入りに行う。

その日も昼になって、いつも通り昼食の介助を行っているところだった。

「そういえば、入れ歯を作ってからいくらか経ちますが、まだ大丈夫そうですか？」

リズレの現在の歯は、まだ出会って間もない頃に、慣れないながらも拵《こしら》えたものだ。そろそろ、すり減りや結合部の違和感なども出てくるかもしれない。案の定、リズレは「すこしいたみますが……」と遠慮がちに答えてくれた。

「でも、へーきです！」

「良かった。でも、痛かったらそれは言ってくださいね。リズレさんに頼っていただくのが、私の仕事ですから――」

やはりそろそろ作り直しか。それとも痛いのは言いださなかっただけで最初からなのか。もっと改良の仕様があるのかもしれない——そんなことを考えながら、リズレの口元にスープを運んだときだった。

「おや……？　リズレさんの右手、指が……ホラっ、動いてますよ！」

「え……！」

私の言葉に、リズレが驚いたように目を丸くする。

テーブルに置かれたリズレの右手の指が、ぴくぴくッと小刻みに動いている。先日までは、見られなかった現象だ。

「指の神経が、覚醒し始めているようですね」

「そう、なんですか？　すみません。ゆび……まだ、かんかくが」

「そこは、焦《あせ》らなくて大丈夫ですよ。回復訓練を続けていけば、自由に動かせる日も遠くはありませんよ。きっと」

「は……はい！」

きっと、不安を必死に押し殺していたのだろう。ただでさえ、術後の傷は少なからず痛みを感じていたはずだ。頷いたリズレの笑顔からは余分な力が抜け、これまで見た中で一番、ふんわりと柔らかいもので。

その笑顔の中に、私は小さくない希望を見た。そんな、気がした。

＊＊＊

「それでは、大変お世話になりました」

リズレの腕の神経が繋がり始めたところで、私たちは工房へと戻ることになった。私の礼を受けて、アダムスカが「うん」と頷く。

「最後に、入念に診察を行ったが――結合に関しては問題ないことが確認できたし、腐食も完全に消えている。後は、回復訓練士の腕の見せ所だな」

「はい、それはもちろん頑張ります」

「わ、わたしも……がんばり、ます！」

診察を終えたリズレが真剣に付け加えると、アダムスカはふっと微笑んだ。それから、「少し外へ出るとしよう」と、リズレに声をかける。

「あ……っ、は、はい！」

「なんの話ですか？」

リズレを運ぼうと近づくと、アダムスカがぎろりとこちらを睨《にら》む。

「女同士の話に入り込もうとするなど、野暮《やぼ》だな。彼女はゴーシュに運ばせるから、貴様は荷支度でもしていろ」

「……アダムさんも、元は男性じゃないですか」

「完璧なこの彼女の身体を見てそんなことを言うなんて、ますます野暮だな。女同士の話で文句があるなら、医者と患者の話だ」

そう言われては、さすがにそれ以上突っ込むのも憚《はばか》られて、私はおとなしく、それじゃあとその場を離れた。もっとも、荷支度自体はほとんど終わっていたから、最後にまとめるくらいなのだが――。

(少し、気になるな)

黙々と荷をまとめながらも、意識がどうしても二人の方へ行ってしまう。だが、自分が聞かない方が良い話なのだろうとは充分に分かった。窓の外に見えるその姿は朝日に照らされ、黄色に輝いて見えたが――やや〔し〕て戻ってきた二人からは、重々しい空気ばかりが漂っていて。その話というのが、決して和《なご》やかなものではなかったことだけが、私に察することのできる全てだった。


再び、雪山を降りていく覚悟をしていた帰り道だったが、ありがたいことに良い飛び道具を譲ってもらった。

「これはもしや……」

そう声を上げる私に、アダムスカが「あぁ」と頷く。

「アイツが使っていたものだ。コレで帰れ、おまえの工房に」

館の地下物置にあったのは、かつて私の恩人が乗っていた魔道空機《エア・ガウル》だった。ドワーフの職人による特注品で、かなり大型だ。跨《また》って操縦桿《かん》を握り操作するタイプだが、小柄な人間ではそれも難しいだろう。

「これ、確か行方不明だったんじゃ……」

「質に流れていてな。偶然見つけて、買い取ったんだ。使わないから、譲ってやる」

「いいんですか？　そんな……ゴーシュさんなら、充分操縦できるんじゃ」

「いらん。日常使いにするには、金食い虫すぎる」

アダムスカの言うことはもっともで、魔道空機《エア・ガウル》は魔層石《マナ・クオーツ》を動力とするが超高燃費な上、特注品であることから整備も難しい。

「でも、帰りの足ができてありがたいです。使わせてもらいますね」

「あぁ。その方が、あの子にも良いだろう」

なるほど――私だけでなく、リズレを思い遣《や》ってのことかと納得する。これだけ大きければ、リズレを背中に固定しながらでも充分に乗れるだろう。

「――それでは、本当にお世話になりました」

乗り物上から、見送ってくれる二人に挨拶《あいさつ》をする。背中側にいるリズレが「ありがとうございました」と言うのが聞こえた。

「こんどきたら、おてつだいを……」

「いや。貴重な研究材料も手に入ったし、もう来なくていいぞ」

軽く手を振るアダムスカに、「言い方！」と注意するも聞いている様子はない。全くない。代わりに、その隣でゴーシュが名残惜《なごりお》しそうに涙を拭《ふ》き、見送ってくれた。

操縦桿を引くと、ホバリングをしていた魔道空機《エア・ガウル》はあっという間に高く舞い上がった。顔を、寒冷地の風が強く叩く。

冷たく、青い北方の空に吸い込まれるような錯覚を覚えながら、ギアを変えて前へと進む。あれだけ越えるのに苦労した雪山が、遥《はる》か下でキラキラと輝いているのが見えた。

「――リズレさん、大丈夫ですか？」

「はい……さむく、ないです」

背中越しにリズレが答える。寒いかを訊いたわけではなかったが、私は「それなら良かったです」と頷いた。

――アダムスカと二人きりの会話の後、リズレは明らかに気落ちしていた。手が動いたと分かったときの、あの笑顔など、どこかへ飛んでいってしまったかのように。

アダムスカは、私に話の内容を秘密にしたいようだった……いや。秘すべきと判断した。それを、ここで無理やり聞き出すわけにはいかない。

「リズレさん」

「なんですか……？」

風を切る音に紛《まぎ》れ、リズレの返事が聞こえる。私は明るく聞こえるよう、できるだけ声を張った。

「館でも言いましたが、私の仕事はリズレさんに頼っていただくことです。ですから――いつでも、頼ってくださいね」

彼女を治すと。そう約束した自分にとって、それが今言える精一杯の言葉だった。

「ありがとう、ございます」

今は見えないが。そう応えるリズレの顔が、少しでも微笑んでいれば良いなと思いながら操縦桿をぎゅっと握り、魔道空機《エア・ガウル》は工房へと雲の尾を引きながらぐんと飛んだ。

第六話　近づいていく距離

「リズレちゃん、大丈夫かい？　熱かったら言いな。のぼせちゃったら、大変だからね！」

響いて聞こえるアネさんの声に、リズレは「はい」と頷《うなず》いた。

「でも……とても、きもちいい、です」

「きもちいいよねー」

すぐ側ではしゃぐ声は、モネちゃんのものだ。

リズレはアネさん、そしてモネちゃんと一緒に、工房に備えつけられた風呂に入っていた。ほど良い湯かげんに、強張《こわば》った身体が解《ほぐ》れて気持ちが良い。

「おふろ……すき、です」

「あははっ！　わたしもモネも好きだよ。これから、一緒にいっぱい入ろうね」

「あたしも、リズレちゃんとお風呂入るの楽しいよっ」

明るい二つの声が浴室に反響する。それがなんだか楽しくて、リズレは「はいっ」と頷いた。

ちゃぽん、と音がして、隣が少し揺れる。身体を洗っていたアネさんが入ってきたのだろう。

はずみで身体が浮きかけるのを、アネさんが腕を回して支えてくれた。

「大丈夫？　ごめんね」

「いいえ。ありがとう、ございます」

アネさんの声はいつも軽やかだ。顔は見えないけれど、きっと笑顔が輝くような女性なんだろうなと、リズレは思っている。アネさんもモネちゃんも、自分にとってはまるで、暖かい太陽のようだ。

「リズレちゃん、リズレちゃん」

「はい。なんです、か？」

呼ばれて振り返った途端、ぴゅっと頬にお湯が当たった。「わっ」と声を上げると、モネちゃんがきゃっきゃとはしゃぐ声が響く。

「手で、水鉄砲！　びっくりした？」

「びっくり……しま、した」

あまりにも驚きすぎて、きょとんとしていると、モネちゃんの方から感じる空気が変わった。

「え？　そんなに、びっくりさせちゃった？　ごめんね、ごめんね。こわかった？」

「あ！　いえ、そんなこと」

うろたえ、泣きそうな声。リズレは慌《あわ》てて、言葉を探す。

「びっくりしたけど、たのしいびっくりです。それに、モネちゃんは……めとか、はなとかに、かけないでくれました。モネちゃんはやさしい、いいこです」

伝わったろうか――不安を感じていると、「よかったぁ」と呟《つぶや》くのが聞こえてきた。うん、良かった。そう、リズレも微笑む。

「もし、わたしのうでが……うごいたら。モネちゃんに、いっぱい、おかえししますよ」

「あはは っ！　あたしも負けないもん」

モネちゃんがまた、はしゃいだ声を出す。様子を見守っていたらしいアネさんが、「ほら」とそれに声をかけた。

「次はモネの番。身体、洗っちゃいな」

「はーい！」

素直に返事をしたモネちゃんが、湯舟から出る音がする。また、大きく湯が動くけれど、今度はアネさんの腕のおかげで揺れなかった。

「……リズレちゃん」

すぐ隣から囁《ささや》くような声がして、「はい」とリズレは顔をそちらに向けた。ばしゃばしゃと、少し離れたところで、モネちゃんがたらいのお湯をひっくり返す音がする。

「リズレちゃんは、偉いね」

「えら……い、ですか？」

それは思ってもみない言葉だった。どういうことか飲み込めなくて、ただおうむ返しになる。

「偉いよ。たくさんの苦労を、この細い肩に背負《しょ》い込んで。それでも、真っ直ぐとした心を持っている。偉いし——強い娘《こ》だよ、リズレちゃんは」

リズレの身体を支えるアネさんの腕が、きゅっと少し強くなる。

「……これから、新しい手足になったことで、また別の苦労があるだろうけれど。でもきっと、先生はリズレちゃんなら、それも乗り越えられるって信じているんだろうね」

「くすりうりさん、が……」

「そうだよ。なんだかんだで、先生がこの集落に来てから、数年来の付き合いだからね。考えていることは、なんとなくくらいなら分かるさ」

薬売りさんが、わたしを信じてくれている——だとしたら、それは確かに、リズレにとってなによりの力だ。

「先生も、偉い人だよ。あの人がこんな小さな集落に留《とど》まってくれているから、ここの住人はすごく助かっているんだ。街まで薬をもらいに行くだけで、本当ならすごい苦労だからね。モネも何度も助けてもらった。最近は、来たばかりの頃に比べて、笑っている顔を見ることも増えたし……」

「……？」

「——いや。とにかくわたしらは、リズレちゃんたちを応援してるよってことさ。困ったときは、先生だけじゃなくて、わたしのことも頼ってね」

「……ありがとうございます」

嬉しかった。アネさんの、それこそ真っ直ぐな心が、リズレの心に染《し》み入ってくる。まるで、胸の中にパッと光を灯《とも》らせてくれるように。

（おぼえて……ない、けど）

寄り添うアネさんの体温が、湯の温度よりなお温かく感じられて。リズレは心地良く、目を閉じた。

（おかあさん、って。こんなかんじ……だったのかな）

＊＊＊

シャキリと音がして、リズレの前髪がきらきらと床に落ちた。

工房に戻って、一週間。リズレの術後の経過は良く、体全体の傷の治りも良い様子だった。あれだけ酷《ひど》かった肌の傷もかなり回復しており、痕《あと》が目立たなくなってきた。ずっと貼っていた湿布《しっぷ》も外し、ここからは塗り薬と自然治癒《ちゆ》で様子を見ることとなったことで、傍目《はため》の痛々しさもだいぶ和《やわ》らいだように思う。

「――これなら、街中に行ったとしても目立たないと思いますよ」

「ありがとう、ございます」

リズレが、小さくはにかむ。入浴後なためか、頬がほんのりと赤い。

短くしたばかりの前髪の下。窪《くぼ》んだそこには、湿布に代えて象鯨《ぞうげい》の革を素材にした眼帯を着けることにした。炎症は落ち着いたが、目蓋《まぶた》を保護するためだ。

表情も、だいぶ豊かになってきた。意識状態がかなり回復してきたからだろう。

そうなると、風呂なども無闇に私が介助をすることには差し障《さわ》りが出てきたため、時折アネとモネがやってきて、一緒に入ってくれている。先程の入浴もそうだ。リズレにとってもそれは楽しい時間のようで、作業をしている私のところまで楽しげな声が風呂場から聞こえてくることもしばしばだ。

介護に必要な時間も徐々に減り、工房の営業は元通りになった。私が仕事をしている日中は、リズレには大気から魔力《マナ》を充填しつつ休養してもらっている。

そして、夜は。

「リズレさん……大丈夫ですか?」

私の問いかけに、リズレが少し苦しげに息を吐いた。

「だいじょうぶ……です。がんばり、ます……っ」

健気《けなげ》な返事に、少し胸が痛むが仕方ない——極《ごく》微弱ではあるが、腕と足に振動魔法を当て、刺激を加えることを続ける。筋力や神経の回復を促進させるためだ。

「腕、一度上げさせますね。……指先に力を入れられますか？」

「ん……っ」

「良いですね。まだ微《かす》かですけど、動いています。同時に、魔法を出力する練習もしていきましょう」

「はいっ」

リズレの返事は明るい。術後の痛みもある中、腐らずに毎日よくやっていると思う。額《ひたい》に汗しながらも努力する彼女の表情は、凜《りん》として輝いて見えた。

「――今日はここまでにしておきましょう。頑張りましたね」

「でも……」

「焦《あせ》らず、着実にやっていきましょう。今日は頑張っているご褒美《ほうび》にって、アネがクッキーを持ってきてくれたので、いただきましょうか」

「アネさんのクッキー……！　はいっ」

リズレの耳が、ぴこぴこと揺れる。それを微笑ましく感じながら、私は甘い香りのするクッキーを取りに向かった。

（リズレさん、言葉もかなりはっきりしてきたな）

回復訓練は、変化が起こりそうなときもあれば全く調子の出ないときもある――そういった一進一退の地道な努力の積み重ねだ。だからこそ、患者がその辛《つら》さから訓練を諦《あきら》めないようフォローするのも、支える立場として必要なことであり、アダムスカが言うように腕の見せ所なのだろうが、リズレに限っては私が想定していた以上に頑張り屋さんだった。

「――はい、リズレさん。お疲れ様です」

台所にあったそれを、そっと口に運ぶと、リズレは小動物のようにそれを齧《かじ》り、幸せそうな表情を見せた。

「とっても、おいしいです……この、クッキー」

「右手が動くようになれば、自分のペースでこのクッキーも食べられるようになりますね」

「……！　わっ、わたし、がんばりますっ」

勢いよく頷くリズレに、思わず笑ってしまいながら。終わりの時が近づいているのを、私は確かに感じていた。

＊＊＊

そうして、一ヶ月ほどが経《た》った頃だろうか。

夜の回復訓練のため、リズレの右手のマッサージをしようと、私は彼女の前に座った。

「それじゃ、いつも通りまずは手首と肘《ひじ》の屈曲運動から始めますね」

「はい！　よろしくお願いしますっ」

そう意気込むリズレの手を取ろうとした――そのときだった。

パッと彼女の手のひらに、暖かな明るい光が灯った。

「ッ!? リズレさん、これ魔法が――」

思わず叫びかけた瞬間。重ねた手が、微かにそっと握られるのを感じた。細く、繊細な指先の、弱々しい――だが、確かな力。

「リズレ……さん？」

「あ……あのっ。これ、薬売りさんを……驚かそうと、思って。今朝から、手の感覚が……繋がった、感じがした、から。魔法、たくさん……練習、したんです。でも」

リズレが、懸命に話している。それに耳を澄ましている間、リズレの手はまた少し、私の手を握る力を強くした。

「これ……薬売りさんの、手……ですよね？ いま……はじめて、握れたようで……その。嬉しくて……わたしが、ビックリしちゃいました」

笑顔を見せるリズレの目から、ぽろぽろと涙が溢《あふ》れる。

「リズレさん……っ」

震える右手。それを、私はそっと握り返した。私のものとは全く違う、柔らかく小さな手のひら。

「びっくりしました。本当に、すごくびっくりしました。すごいですよリズレさん。手術から、一ヶ月程度でこんな――すごいです」

ともすると、私まで泣いてしまいそうだった。

「薬売りさんが、毎晩手伝ってくれた、から」

「違います。違いますよ。リズレさんの努力です。リズレさんの頑張りが、こうして形として現れたんです」

知っている。

朝起きると、真っ先に指が動くか試してみていることを。

日中、休養しながらもこっそり一人でできる訓練を続けていることを。

夜、痛みを堪《こら》えながら、訓練後も寝台の中で指先や足先が動かないか意識をし続けていることも。

「すごいのは、リズレさんです」

「薬売り、さん……」

リズレの目からまた、ぽろりと涙が一粒落ちた。


もちろん、それで訓練が終わりというわけではなく、リズレの努力は続いた。むしろ、そこで緩《ゆる》むことなく以前より訓練に励む姿は、さすがと言う他ない。

細かな指先の動きはまだ難しくとも、手を貸すことで腕もある程度動かせるようになってきた。

「これだけ動かせると、自分でできることがもっと増えそうですね」

「ほんと、ですか！」

パッとリズレの表情が輝く。彼女の性格を考えれば、自分のことをなんでも他者に手伝ってもらわないといけないのは辛いだろうし、その辛さを表に出さないできたのもリズレの我慢強い性格だからこそだろう。

「そうですね……例えば、食事とかどうですか？　スプーンを布で手のひらに固定すれば、自分のペースで食べられますし、それ自体が訓練にもなります」

「は、はい！　したい……ですっ！　ごはん、自分でっ」

勢いよく頷く彼女に、私は笑って「では、そうしましょう」と頷いた。


まずは、食事の動作訓練を始める前に、入れ歯の状態を確認することにした。前に多少痛むと言っていたが、やはり接合部が緩くなってきてしまっていたため、元のものを利用しつつ改良を加えて作り直す。二度目ということ、そしてリズレの意識がはっきりしているという違いもあり、こちらは前回よりスムーズに進んだ。

「……よし。固定されるまで、強く噛んでいてください」

「は、はひっ」

いーっと歯を噛み合わせるリズレに微笑みかけ、「ちょっとだけ夕飯の支度をしておきますね」と席を外す。

自分でとる、最初の食事だ。できるだけ失敗が少なく、また入れ歯の調子も見たいため咀嚼《そしゃく》しやすいものがいい。嫌な思い出にならず、これからも頑張れると思ってもらえるように。

魚の身を念入りにすり潰《つぶ》し、下味をつけて団子《だんご》にする。これならスプーンですくいやすいし、ほどよい弾力で噛むのも難しくないはずだ。

「——それじゃリズレさん、手にスプーンを固定しますね。少し、自分で握れますか?」

「はい、えっと……こう」

リズレがゆっくりと、手渡したスプーンを握る動作をする。なんとかつかんだスプーンは上下にゆらゆら揺れていて、そのままでは料理をすくっても傾いてこぼしてしまうだろう。

「失礼しますね」

声をかけて、スプーンと手を挟むように布を巻く。きつすぎず、緩すぎず。具合を確かめながら、「これでどうでしょう」と手を離した。

「器の位置がここです。ちょっとだけ、案内しますね」

「ありがとうございます」

手を添えて位置を知らせると、リズレはすぐに把握できたようだった。見えない目で、探り探り中の具をスプーンですくう。

「あ、ちゃんとすくえましたよ。軽く冷ましてあるから、熱くはないと思います」

「はいっ」

リズレが頭を下げようとするのと同時に、スプーンも傾いてしまいそうになったので慌てて止める。それから、リズレは「いただきます」と呟き、ゆっくり自分の口元へとスプーンを動かした。はふっと、無事口に団子が入ると、顔がパッと赤くなる。

「くすりうりは……食べ、られまひは……っ」

「はい、すごいですリズレさん」

私まで嬉しくなってしまって、思わず表情が緩む。リズレはそのまま、はふはふと団子を口に運び続けた。繰り返すにつれ、動きもスムーズになっていく。

「この、お団子？　すごく、美味《おい》しくて」

「すり身ですね。お口に合いました？」

「はい！……あの、それで……その」

リズレのスプーンが、かつんと皿を叩く。空になったのだ。どこかもどかしげにしている彼女をぼんやりと眺め――ハッと気がつく。

「……あ！　お代わりですか？」

リズレの頬が、再度赤くなった。

「……ハイ」

「ありますよ。気に入っていただけて、良かったです」

立ち上がると、リズレが嬉しそうに笑った。多分、自分も今同じような顔をしているのだろうなと、なんとなく思ってしまった。

＊＊＊

爽《さわ》やかで、心地の良い木々の香り。傍《かたわ》らでは、かたかたと小さな音が鳴っている。

——森の中を、リズレと二人で進む。といっても、今日は背負子《しょいこ》ではなく、集落で農耕器具を専門にしている職人が作ってくれた車椅子に、リズレは座っていた。

これなら、後ろから介助者が押すことで、楽に進むことができる。先の旅を反省し、お互い負担の少ない移動方法はないか考えて依頼したものだ。以前に王都で見かけたのを見様見真似で、私が図面を引いたのだが、かなり精度の高い良いものを作ってもらえた。おかげで、こうして散歩にも気軽に出かけられる。

「気持ちが良い、場所ですね」

「この辺では、特に魔力《マナ》に富んだ場所ですからね。ゆっくりしていきましょう」

今日は、月に二日ほど設けている工房の定休日だった。リズレの休養と、魔力《マナ》の充塡を目的とした散策だ。目的のある旅でもなく、こうしてゆったりと過ごすことだけを目的としたお出かけは、初めてかもしれない。

「車椅子、揺れませんか？」

「全然へっちゃらですよっ！」

「本当ですか？　無理はしないでくださいね。私は――」

「大丈夫です。ちゃんと……困った時は、薬売りさんを頼りにしてます」

にこりと明るく微笑まれ、私も思わず笑い返す。数ヶ月前には想像ができなかったくらいに、彼女は健《すこ》やかに、逞《たくま》しく私の前にいる。

「あ、そこに良いスペースがありますよ。とりあえず、お昼にしましょうか」

「お昼！　はいっ」

耳をぴこぴこさせて、リズレが頷く。そんな彼女を椅子から降ろして、先程示した開けた場所にゆっくりと座らせた。嵐かなにかで横倒しになった木の幹があり、背もたれにちょうど良い。地面がややしっとりしている気はするが、すぐに乾く程度だろう。

私は水筒を取り出して、湯気の立つ中身をカップに注いだ。緑色の、とろりとしたポタージュだ。

「どうぞ、スープです」

「わ……良い香りです。ありがとうございます」

リズレは手のひらでカップを受け取った。食事の訓練を続け、指に力を込めるのも上手《うま》くなってきた。こぼしたら熱いため、肘をそっと支えれば、それだけで充分問題なく飲むことができるようだった。

「ん……？　お客さん、ですね」

くすっとリズレが笑う。なんのことかと思えば、彼女の膝《ひざ》にちょこんとリスが乗っていた。小さなその生き物は、全く怯《おび》えた様子もなくちょこちょことリズレの肩まで登っていき、特徴的な大きな耳と尻尾を揺らした。

「こんにちは……お邪魔してます、ね」

肘より少し上から欠けた左腕をくいっと上げて、リスが落ちないようにするリズレ。その横顔は、とても柔らかだ。カップを降ろし、見えていないはずの目で、周囲をゆっくりと見回す。

「薬売りさん」

「はい。どうしましたか？」

「わたし……この土地も人も、好きです。大好きです」

翡翠《ひすい》色の瞳が、木漏《こも》れ日を受けてキラキラと輝いている。それはなにかを懐《なつ》かしむように、ゆるく細められた。

「ずっと……ここで、暮らしたいくらい……」

思わず口を開きかけ、きゅっと閉じた。

なにを、言おうとしたんだ？　私は。

いや、分かっている。

今、ほんの一瞬。夢想してしまったのだ。薬屋を営む傍らで、今と変わらず優しく微笑みながら、共にいる彼女の姿を——なんて、バカバカしい。

「……リズレさん」

「はい？」

無邪気に振り返るリズレに、私はどんな顔を向ければ良いか分からなかった。この引き攣《つ》った笑みを見られなくて良かった——リズレのためでなく、私自身のために。

「記憶はまだ、戻りませんか？」

「そう……ですね。ごめんなさい」

「いえ、謝らないでください」

申し訳なさそうにしゅんとする彼女に、愚かにもどこか安堵《あんど》している自分と、焦りを覚える自分とがいる。

「最近のご様子を見ていると、あとは記憶さえ戻れば、もう故郷に帰せるんじゃと思うほどに……貴女《あなた》がどんどん回復していらっしゃるのを感じているので。それで」

「故郷に……」

呟くリズレの声は、心あらずという様子だった。記憶の戻らないうちでは、やはりピンとこないのだろう。

「もう……覚えていないかもしれませんが。出会った頃の貴女はずっと、家に帰りたいという願いを口にしていました。それくらいに、貴女にとって故郷や……家族が、大切なものなんでしょう」

「……はい」

「私は貴女に、それを返してあげたい。そう、ずっと願ってきました」

「それは……本当に、感謝しています。薬売りさんには……ずっと、すごく良くしてもらっていて」

「感謝なんて必要ありません」

自然と、口調が突っぱねるようになってしまっているのを自覚する。当然困惑《こんわく》するリズレに、私はさっきよりもゆっくりと「必要、ないんです」と繰り返した。

「私がリズレさんを治療したのは……自分のためなんです」

「え……？」

すみません、リズレさん。そう、心の中で謝る。彼女を困らせているのは分かっていた。それでも、言わなければならない――そんな想いが、心臓を冷たく握って放さない。

「少しだけ……昔話をさせてください」

口の中に広がる苦味。それを感じつつ、私は続ける。

「私は幼い頃、早くに親を亡くし魔族に拾われました。彼は強く、優しく……私に、たくさんのものを与えてくれました。アダムさんに引き合わせてくれたのも、その恩人です」

「そう……なんですね」

リズレの声には困惑が残っているものの、口調は柔らかだ。きっと、こんな話を始めた私を気遣《きづか》ってくれているのだろう。

だが。

「そして恩人のもとで成長した私は——人殺しを始めました」

ピクッと、リズレの右手が揺れた。咄嗟《とっさ》の感情の動きに反応するほどに、身体へと馴染《なじ》んできたのだなと、どこか頭の遠い部分で考える。

「……ひと、ごろし……？」

「当時、魔族は現王制に対しクーデターを起こしていたんです。恩人は、その頭目を務めていました。私はイルダ人《人間》ですが、種族など関係なく接する恩人の義侠心《ぎきょうしん》に憧《あこが》れて、自《みずか》ら仲間入りを志願したんです」

ふと、先程までリズレの腕を支えていた自分の右手のひらに視線を落とす。汚い手だ——薬品焼けなどで荒れた、大きく固い手。その皮膚の奥底に、今も赤黒い血がべったりと染《し》み付いている……そんな手だ。

「魔族に比べ、イルダ人というのは力が弱く、頼りないものです。ですから私は、戦士ではなく工作要員となる道を選びました。つまり……暗殺者です」

ふっと蘇《よみがえ》るのは、黒曜《こくよう》グモを狩った日のことだ。

最初にあのクモを見つけ出したのは、暗殺に利用する毒薬を精製するためだった。今の薬売りとしての知識の基礎は、その際に身に着けた。刃を振動させる極魔法《アルマ》もそうだ。

私の身体は、真っ暗な過去を撚《よ》り合わせてできている。

「イルダ人、魔族もエルフもドワーフも獣人も――目的のためなら。仲間のためという大義名分を掲《かか》げ、敵と見做《みな》せばこの手で殺したんです」

足元に落ちた影が、濃くなったような気がした。時折見る夢――最近は、見なくなっていた幻。

殺した標的のことはよく覚えていた。暗殺なんて、相手のことを知らなければまず成功しない。いつ、どこで、なにをするのか。なにが好き？　家族の有無《うむ》と構成は？　どこに住んでいて、休日はなにをしている？　好きな食べ物は？　寝る時間は――。

詳細なデータを頭に刻み込み、そうしてようやく成功率が上がる。

初めて仕事をした相手は、王政の中枢《ちゆうすう》にいる貴族のイルダ人だった。来週あたりに孫が生まれる予定らしかった。どうでも良かった。家族愛など、私には想像もつかなかったから。だが、殺害後の部屋の中で絵本を見つけてしまったときには、少し戸惑《とまど》った。きっとそれは、生まれてくる孫のために先走って用意していたんだろう――そこまで考え、本拠地に帰ってから少し吐いた。

そういったことは、その後も少なからずあった。朝にコーヒーを必ず一杯飲む高官の飲み物に毒を混ぜた次の日からは、たまに嗜好品《しこうひん》として分けてもらっていたコーヒーが不味《まず》く感じるようになった。

些細《ささい》なことに心をすり減らし、押し潰し、そうするうちになにも感じなくなっていって、仕事の後に吐くこともなく、コーヒーの味もまた元通りに戻った。

それでも、殺した標的のことは脳にこびりつき、忘れられなかった。

その一人一人の腕が、今でも私の身体を這《は》い、引っ張り、影の中へと引きずり込もうとする。怖さはない。ただただ、当然だと思う。

――そういうことを、私はしてきた。

「全てが終わったあと、身に着けた知識や技術を利用して薬屋を営むようになったのも。貴女《あなた》を助けたのも、自分の罪滅ぼしに過ぎない」

あの日。

ボロボロになったリズレを見て、自分がしてきたことの一端を見せつけられたような気がした。きっと私が殺した標的の中には、故郷に帰りたいという想いを叶《かな》えられなかった者もいただろう。抱《かか》えていたなんらかの希望を、未来を、命を断つという最悪の形で私は奪ってきたのだから。

リズレが毒に倒れたときもそうだ。あの際の薬は、過去に正反対の理由で同じ毒を取り扱っていたからこそ、迷いなく最短で作れたに過ぎない。

どんなに昔と現在の自分は違うと思い込もうとしたところで、それが一続きである以上、私という存在に染み込んだ過去を拭《ぬぐ》い去ることなんてできやしない。

「私は――ただの『偽善者』なんです」

こんなこと、話したところでリズレには迷惑なだけだろう。そんなのは、分かっている。それでも、話さずにはいられなかった。

ここに住みたいという彼女に、危機感を覚えたから？　いや、そんなのは「そろそろ故郷を探し始めよう」と、そう提案すれば済んだはずだった。

今までの関係を全て崩して突き放すようなことをせずとも――。

（……違う）

頭に浮かぶ言葉に違和感を覚え、私は苦々しく唇を噛んだ。

今までの関係を、全て崩して突き放す――本当に、そうなると思っていたか？

違う。

これは――甘え、だ。

この地に留まりたいと言う彼女に縋《すが》りそうになる自分を律しようとし――それに堪《た》えきれず、自分の背負った業《ごう》を、彼女に懺悔《ざんげ》することで赦《ゆる》してもらいたがっている。

そうだ、彼女ならきっと赦してくれる。何故ならリズレは、優しく、強い人だから。ずっとそばで見てきたからこそ、私はそう確信している。

――なんて酷い人間だと、自分に吐き気がする。

どう取り繕《つくろ》ったところで、これは贖罪《しょくざい》のフリをした単なる甘えだ。しかも、患者という弱い立場にいる彼女に対して。

そういうところが、とことん性根の腐った『偽善者』なのだ。自分という人間は――。

「薬売り……さん」

それまで黙っていたリズレが、じっとこちらを見つめていた。正確には、見えていないのだから見つめているわけではないのだろうが、少なくとも私にはそう感じられた。

ぎこちない動きで右腕を自分の心臓に当て、悲しげに眉を下げ、なにかを言おうとしている。

――やめてくれ。汚いこちらの思惑《おもわく》になんて、のらないでくれ。どうか強い言葉で詰《なじ》って、軽蔑してほしい。

そう思いながら、でも心のどこかでそれを恐れている自分もいて。こんな救いようのない人間が、彼女のような人のそばにいて良いはずがないのに。

それでも、これまで聞いた中で一番強い口調でもって、彼女ははっきり告げた。

「わたしにはあなたは……命の恩人です！」

それは、リズレにとって初めて聞く薬売りさんの声だった。

低く、後悔に沈んだ声。声だけではない——大気中に満ちた魔力《マナ》が震えて、彼の暗く重い心を伝えてきた。

＊＊＊

薬売りさんと出会ってからしばらくのことは、リズレにとって夢現《ゆめうつつ》で。はっきりと覚えているのは、初めて「会話」を交わしたあの日からだった。

ひどく苦しむ自分に何度となく呼びかけ、掬《すく》い上げてくれた——それが、目の前の薬売りさんだった。

その後も彼は、献身的にリズレの介抱を続けてくれた。時間を削り、身を削り。時に背負って山を越え、時に厳しい吹雪《ふぶき》の中を歩き。忙しい中疲れているはずなのに毎夜リハビリに付き合い、マッサージを施《ほどこ》し。今より身体の自由が利《き》かないときには、下《しも》の世話まで顔色ひとつ変えずに行ってくれた。

ずっと思っていた。思わずにはいられなかった。この人が何故、そこまでして——手足を動かすこともできず、なにも覚えていない、そんな自分を世話してくれていたのか。

記憶は未《いま》だにない。薬売りさんの過去だってなに一つ知らない。こうして今も目の前にいるのに、顔すら分からない。

（けど……！）

それでも、知っていることはある。

（私の心と身体は……この人の優しさを知ってる！）

その気持ちをありったけ込めての、思いきった言葉のつもりだった。心からの言葉のつもりだった。「この土地の人が好き」——それにはもちろん、目の前の彼も含まれていたから。

だが。

「……リズレさん、ありがとうございます」

薬売りさんの声を聞き、自分の耳がぴくりと動くのが分かった。

（——あぁ）

ダメなんだ。ダメなのだ。

返ってきた音からは、どうしたって絶望を感じずにはいられなかった。

（わたしの、声は……薬売りさんに届いてないんだ……）

それだけ深い絶望を、この人は抱えてきたのだ。

目の前の人は今、どんな表情を浮かべているのだろうか。笑っているのか、困っているのか、泣いているのか。

——どうしてわたしは、それが分からないの。

「リズレさんのお気持ちは……嬉しい……のですが。なんというか……」

薬売りさんが続ける。遠慮がちに、リズレの言葉をなかったことにしようとしている。

(わたしは、本当に心から——想っているのに)

この人の優しさを。強さを。ずっと感じてきた。その理由が暗い過去の贖罪だったとしても、そうして感じてきたものが嘘になるわけじゃない。なのに、彼は言うのだ。

「私と過ごす時間は……少ない方が良いと思います」

「……っ」

それは、優しい言葉で飾られた拒絶だった。高い壁が、目の前に立ち塞《ふさ》がったのをリズレは確かに感じた。

いや——違う。

きっと、この壁は前からあったのだ。薬売りさんの罪の意識がそうさせているのだとしたら……今よりずっと前から、こうしてあったのだろう。ただ、自分が気づかなかっただけで。

(そっか……今までわたしは、頼るばかりで。本当は、視《み》ようとしてなかったのかもしれない)

手を伸ばせば、そこにあったのに。手が動かないから、立つことができないから、目が見えないから。できないことを理由にして、見つけようとも、乗り越えようともしてこなかった。

——背中越しに、暗く重いなにかを感じながら。

「今後は回復訓練に加えて、リズレさんの故郷探しも始めていきましょう。もし、故郷のことを何か少しでも思い出せたりしたら……私に教えてください」

　壁の向こうで、薬売りさんの声がする。

（嫌だ）

　そんなのは、嫌だ。わたしは、あなたと共にいたいのに。なにもせずにこのままなんて、そんなのは。

「例えば匂いや抽象的なイメージでも大丈夫ですよ。景色や……気候とか」

（嫌だ――！）

　もう、諦めたりなんかしない。あなたを視《み》たい。触れたい。動かない足を踏ん張って、動かない腕を伸ばして。壁を越えて、あなたを視て。そして――。

　薬売りさんを、知りたい。

「……っ」

　ふっと、目眩《めまい》を覚えた。急に周囲が明るくなって、目がチカチカした。

　目を凝《こ》らす、手を伸ばす。刺激で涙が出かけたけれど。

　目の前に現れたものを見逃したくなくて、必死にそれを堪《こら》える。

「赤い目に……長くて、黒い髪の毛……」

　思わず、声に出た。薬売りさんは微笑んでいた。少し戸惑ったように目を見開いて、こちらを見つめていた。

「……？　リズレさん、それは故郷のご親戚とかお友達のお話……で……え？」

「――っ！」

手が届く。そっと、薬売りさんの頬に触れる。少しざらりとした、ヒゲの剃《そ》り跡。

「薬売りさんは……こんな……お顔、だったんですね……っ」

見える。目が、視界に映る全てを届けてくれる。薬売りさんの顔が呆然としたかと思うと、くしゃりと歪《ゆが》んで。互いに初めて、目が合うのを感じた。

「リズレさん……見えるんですか。見えるように……」

「はい、見えます。見えますよ、薬売りさん……わたし、ちゃんと……見えてますから……っ」

どうか置いていかないで、という言葉は出なかった。それより先に、薬売りさんがリズレの両肩に手を置き、ひどく優しい目をして見つめていたから。その手が小さく震えているのに、気がついたから。

――良かった。

そう、短い安堵の言葉が、ぽろりと薬売りさんの口から溢れた。この人は、ずっと自分の目を治そうとしていてくれたのだと、改めてリズレは実感した。リズレの意識がはっきりしない頃から、毎日毎日欠かさず点眼薬を注《さ》し、働きかけてくれていた。

そういう、人なのだ。

リズレは今度こそ、目から涙を溢れさせ。そのままにこりと、視界に映る薬売りさんに微笑みかけた。

きっと変わる。変わることができる。なにかが。それがなんなのかは、まだ分からないけれど。

高く築かれた壁を越えた先で、涙でぼやけた薬売りさんの顔を見つめ。リズレはただ、今この瞬間の幸福を信じた。

挿話・二

それはとある一つの過去

どうしたら良いのか。どうしたら助かるのか。どうしたら助けられるのか。

――炎に包まれる村の中を走る少年の頭の中を、その三つの言葉がぐるぐると駆け巡っていた。

少年が生まれ、そして今日まで育ってきた村は、文字通り火の海となっていた。幼馴染《おさななじ》みと走った広場も、毎日の手伝いに水を汲《く》みに行った共用の井戸も、両親に見守られ日々を過ごした家も。

父は徴発《ちょうはつ》された兵隊だった。なにと戦っていたのか、少年は知らなかった。知ったのは、つい先程だ。

家を出るとき父は、まだ今より幼かった少年に、「母さんやみんなを頼んだ」と少年の頭を撫でた。その母は先程、少年と妹を火矢から庇《かば》い倒れた。怖くてすぐにその場から逃げたため、母がどうなったかは分からない。母に抱かれていた弟の安否も、また。

少年の手には、歳が四つ離れた妹の手があった。柔らかな手のひらをぎゅっと握りしめ、ひたすら走り続けていた。肺が痛い。走りすぎだ。魔法の火で焼かれた木や家は、全く煙を出さないから、少なくとも悪いものを吸ってしまったわけではなかった。煙が覆《おお》い隠してくれないせいで、この悪夢のような光景を鮮明に目に焼き付けるはめになっている。

とにかく村から出なければならない。もういつ、足がもつれて転んでしまうか分からなかった。父が不在の間、家の手伝いをしてきたこともあり比較的足腰が鍛えられた少年でさえ、そろそろ限界だった。妹なんて、もっと辛《つら》いはずだ。とにかく妹だけでも、村から出す。そうしたら自分は母のもとへ急いで戻り、母と弟を助けなければならない。父と約束したのだから。

「あっ」

後ろから声がした。妹の声だ。ドキッとした途端、反射的に足が止まってしまった。どうしたと問う前に、妹が繋いでいた手を振り切った。

「くまさんが……！」

一瞬、なにが起きたか分からなかった。それほどに、少年の頭はすでにパンク状態だった。どうしたら良いのか。どうしたら助かるのか。どうしたら助けられるのか。——それ以外のことに思考を振り割く余裕がない、ふわりとした金色の髪を揺らしながら道を戻っていく妹。その意味が、うまく頭に入ってこなかった。

妹の手に、千切れたぬいぐるみの腕があって、その本体が少し離れたところに落ちていた。

「——ダメだ、戻れっ」

数秒遅れて、ハッと気づいたときにはもう、遅かった。落ちたぬいぐるみ。妹が母から、二歳の誕生日にもらったぬいぐるみ。それを拾い上げる妹の服に、火の粉が移った。

少年が妹の名を叫ぶ。現在となっては思い出すことができない、その名前を。そのときはあらんかぎりの声で叫んだ。

あっという間に火に包まれる妹を助けようと、少年は妹を抱きしめて地面を転がった。自分の肌も焼ける痛みを感じながら、必死に。後で知ったことだが、魔法の火はふつうの火と比べて消えにくい性質を持っているようだった。

どうしたら良いのか。どうしたら助かるのか。どうしたら助けられるのか。そんな問いに答えはなかった。圧倒的な力の前では、どうしたって意味はない。助からないし、助けられやしない。

少年が咆哮《ほうこう》を上げる。それは悲鳴であり、呪いの言葉だった。この村を、家族を、なんでもない日々を蹂躙《じゅうりん》した敵への、復讐の誓い。

「ゆるさない……ゆるさないゆるさないゆるさないゆるさないゆるさない絶対に……エルフめ……絶対に赦《ゆる》さないッ」

ガダンッという大きな音がした。同時に衝撃を感じ、リズレは思わずギュッと目をつぶった。

「――っ、大丈夫ですか？　リズレさん」

「は、はい。ごめんなさ……」

下から聞こえてきた声に答えながら、リズレは目を開き――倒れたとき以上の衝撃を覚えた。リズレの身体を支えながら、自分の真下……それも間近に、薬売りさんの顔があった。その顔が、少し困ったように眉を下げながら微笑みかけてくる。

「すいません……自分も靴が滑って。お怪我《けが》はないですか……？」

優しい声だ。薬売りさんはいつだってそんな声で――音で、リズレのそばにいた。そう、なんら変わらないはずだ。なのに。

「……りです……」

「え？」

きょとんと、赤い瞳がリズレを大きく映し出す。それだけでもう、リズレは自分の顔が熱くなるのを感じた。

「ムリです……わたし、もう……立てなくていいです……っ！」

「えぇっ!?」

森でのできごとの後。工房に帰ってきたリズレは薬売りさんと共に、薬師《くすし》と患者として変わらず過ごし、回復訓練に励んでいた。

——そのはずだったの、だが。

(わたしってば……なんでこんな、恥ずかし……っ)

車椅子に座り、洗面器に汲《く》んだ水を片手ですくい、顔を洗う。ぎこちない動きに、水の大半は再び洗面器へとこぼれてしまうが、これも訓練の一環だった。鏡で自分の顔を見ると、未《いま》だに赤い。

(ダメだ……わたし。今まで普通にしてたことばかりなのに……視《み》えるとなんか、恥ずかしい……っ)

日々の生活介助の中で、また回復訓練の中で。薬売りさんはリズレに対して丁寧《ていねい》に接してくれる。それは、今も以前も同じはずだ。なのに、マッサージのために触れられるだけで、立ち上がるために肩を借りるだけで、リズレの心臓はバクバクとうるさく鳴り、身体が震えて汗までかいてしまう。

「もっと……しっかり、しないと……。薬売りさんは……わたしのために、してくれてるのに、恥ずかしがるとか……」

鏡を見つめながらそう自分に言い聞かせると、すっと心が落ち着いてきた。

そうだ——彼は、あくまで治療の一環として、自分と接してくれているのだ。それを、恥ずかしいだなんて——そんな、よこしまな気持ちで受け取ってはダメだ。しっかりしなければ。

(頼ってばかりじゃダメだって……そう、決めたばかりじゃない……！)

そうだ。今度は自分が、薬売りさんを支えられるくらいになりたい。今すぐには無理でも、もう彼にあんな辛《つら》い音を出させないよう。自分が——！

「リズレさん、ちょっといいですか？」

「ふひゃいッ！」

不意打ちですぐ後ろから声をかけられ、思わず変な声が出てしまう。振り返ると、驚いた顔の薬売りさんが頬を掻いていた。

「え……と。大丈夫ですか？」

「だ、大丈夫です。なんです、か？」

また真っ赤になってしまうが、もはやリズレにはどうしようもなかった。薬売りさんはまだ怪訝《けげん》な顔をしていたが、すぐに柔らかく表情を変えて外を指差した。

「お客さんです」

目をつぶって、と言われ薬売りさんの押す車椅子に乗っていると、がちゃりと玄関が開く音がして、風が頬を撫でた。すぐ後ろから、くすくすと木々の梢《こずえ》が擦《す》れるような、優しい笑い声が聞こえる。

「リズレさん……は、もうどなたが来たか分かってますね？」

いたずらっぽく、隣に立つ薬売りさんが言う。それに応《こた》えるように、「こんにちは—！」と明るい二つの声が重なって聞こえてきた。

「こんにちは……アネさん、モネちゃん」

目を開き振り返る——目が見えるようになってから、二人に会うのは初めてだ。

アネさんとモネちゃんは、リズレにとって薬売りさんと同じように大切な存在だ。目が見えなくても、二人のことはまるで太陽のように暖かく、輝いて感じていた。ようやく「会える」んだと思うと、自然と目尻が涙で濡れた。

——と。

「リズレちゃん、おめでとう！」

モネちゃんの声と共に、バサッと黄色が視界一杯に広がった。一瞬して、それが小さな野の花をたくさん束ねた花束だと分かった。自然の甘い香りが、鼻孔《びこう》を爽《さわ》やかにくすぐる。

「これ……わたしに、ですか？」

うん、と元気よく頷《うなず》いた少女は、リズレと同じように目に涙を浮かべていた。

「リズレちゃんの目なおったたって聞いて、モネとお母さんで摘《つ》んできたの！」

その言葉にリズレが隣を見ると、モネちゃんによく似た綺麗な女性が、やはり涙を頬にこぼしながらにっこりと頷いた。

「……っ、ありがとう、ございます！」

花束を受け取る。薬売りさんが「代わりに持ちましょうか？」と訊《き》いてくれたが、リズレは断った。不自由な腕でも、それでも自分で持ちたかった。

「せっかくですから、二人も一緒に夕食を食べていきませんか？」

薬売りさんの提案に、「いいのかい？」とアネさんが笑う。

「それなら、せっかくだし三人でリズレちゃんの回復祝いをしようよ。わたしも、料理手伝うからさ」

「そうですね。みんなで食べられるものを作りましょう」

「わーい！　お祝いパーティーだっ」

モネちゃんがバンザイをし、リズレの椅子を押して工房の中に入っていった。

——料理の準備中は、モネちゃんと二人でお喋《しゃべ》りしつつ、待つことになった。なにか手伝えることがあればいいのにと思ったが、まだぎこちない自分の腕ではかえって邪魔になるだろうと、自重する。モネちゃんも普段はきっと、アネさんの手伝いをしているに違いないが、そんな手持ち無沙汰《ぶさた》なリズレのために今はこうしてくれているのだろう。

「リズレちゃんの目って、本当にキレイだねぇ」

そんなことを言いながら、うっとりと見つめてくる。

「い、いえ……そんな」

「ほんとだよー。前からキレイだったけどね、なんかますますキレイになった気がするな。薬のオジさんの目なんてさー」

「く……薬売りさんの目も、綺麗だと思いますけど……」

最後はごにょごにょと小さい声になってしまい、モネちゃんに「え？」と訊き返される。リズレは笑ってごまかしながら、ちらっと調理台の方を見た。薬売りさんとアネさんとが、二人並んで野菜や肉を切っている。

(薬売りさん……なんだか、いつもより楽しそう)

そう思うのは気のせいだろうか。視えてしまう分、意識してしまうのか——どうにも、薬売りさんとアネさんの距離が、近い気がする。それは、単純に物理的な距離ではなく、二人の間に流れる距離感とでも言うべきものだったが、目の見えないうちには気がつかなかった。

(もしかして……お二人は、おおおおお、お付き合いとか……されているのではっ)

「リズレちゃん？」

不思議そうにモネちゃんに顔を覗《のぞ》き込まれて、慌《あわ》てて視線を戻す。

「どうかしたの？」

「なっ、その。えっとぉ……」

つい、再びちらりと二人の方を見てしまい、モネちゃんもつられるようにそちらを見た。それから、ハッとした表情になり、再度リズレに視線を戻すと、その瞳がやたらキラキラと輝いている。

「リズレちゃんったら、かわいいー！」

「ふ、え？　な、なにがですか？」

ワケも分からずリズレが訊《たず》ねると、モネちゃんは少し大人ぶったようにフッと笑ってみせる。

そのまま、声量を落として囁《ささや》くように言った。

「リズレちゃん。お母さんと薬のオジさんが気になるんでしょ？」

「き、気になる……ですか？　それは……」

ちらりともう一度、二人を見遣《みや》ると、ちょうど振り返った薬売りさんの赤い瞳と目が合った。

「どうかしましたか？　リズレさん。お腹空《なかす》いちゃいましたか？」

不意打ちに微笑まれ、ぐっと言葉に詰まってしまう。

「す……すいてますっ」

すいてません、と言うつもりが頭の中の混乱で、真逆のことを口走ってしまう。「あっ」と真っ赤になったときには遅かった。

「それじゃ、急いで作りますね。もうすぐですから、待っててください」

そう、再度優しく微笑まれてしまい、リズレは恥ずかしいやら嬉しいやらで、真っ赤な顔を無茶苦茶に振ることしかできなかった。


「ごちそーさまでした！　おなかいっぱい」

デザートのチーズパイを平らげ、モネちゃんが満足そうにお腹をさすった。

「ほんと……すごく、美味《おい》しかったですっ」

「それは良かった。また、作りに来ないとね」

アネさんはそう笑って、空になった皿を台所に運んでいってくれる。ひと足先に洗い物をしていた薬売りさんが、「あとは一人で大丈夫なので」とアネさんの手伝いを断るのが聞こえた。

「そうかい？　それじゃ、モネ。そろそろお暇《いとま》しようか」

「もう少しリズレちゃんとおしゃべりしたいよー」

「もうすぐ暗くなるからさ。――リズレちゃん、また近いうちに遊びに来るからねぇ」

にっこりと笑いかけてくるアネさんに、リズレは「ありがとうございましたっ」と頭を下げた。それから少しだけ悩んで、「あのっ」と付け加える。

「ん?」

「その……アネさんと薬売りさんは……おっ……お付き合いとか、されてたり……ですか?」

分からないことを一人で悩んでいても仕方がない――思いきって、耳元でそっと訊ねたものの、アネさんが「ええええっ!?」と大声を上げた。

「どうかしましたか?」

台所から薬売りさんの声が聞こえ、リズレの顔はまたも真っ赤になった。そんなリズレを見て、アネさんがキッとした視線を薬売りさんに向ける。

「え、私なにかしました?」

「い、い、い、なにもしてないから怒ってんだよ! まったく、事情くらいちゃんと説明しておかないから」

「え、あの。なんの話で……」

「もういいから、先生は皿洗いしてて」

戸惑《とまど》う薬売りさんをしっしっと追い払うと、アネさんは「こほん」と一つ咳払《せきばら》いした。

「……あのね、リズレちゃん。先生から聞いてないみたいだけど……わたしには旦那がいてね。仕事で、留守がちではあるんだけどさ」

「え……っ、ご、ごめんなさい。変なこと、訊いてしまって……!」

あわあわとリズレは頭を下げたが、アネさんはからっと笑って大丈夫だよ、と下げた頭を撫でた。

「リズレちゃんは、それだけ先生を好きなんだね」

「好き……それは、その……もちろんです！　だって薬売りさんは優しいですし、恩人ですし、だから――」

ふっと。思い出したのは、雪山で遭難しかけたときのことだった。

倒れた薬売りさんのために、なにもできない自分に絶望した。最終的に助かることはでき、薬売りさんはリズレに礼を言ってくれたが、あれも事前に薬売りさんが首飾りをくれたからこそだ。

あの頃に比べれば、まだぎこちなくはあるものの手が使えるようになり、目も見えるようになった。だから、できるなら、もっともっと――。

「早く……お役に立てるようになりたい、です」

呟いたことで想いは、リズレの心の中により深く、刻まれた――そんな気がした。

ぐっと足先に力を入れる……入れたつもりになる。薬売りさんの肩にかけた手。反対に、薬売りさんがリズレの身体を支えるため、脇の下から添えてくれる手。それらを意識しながら、呼吸を整える。爽やかな薬草の香りを、間近から感じる。

「先日より、だいぶバランスが取れてますよ。リズレさん」

すぐ目の前で、薬売りさんが穏やかに言う。その距離の近さがくすぐったいが、今はそれよりも褒《ほ》められたことが嬉しい。もっとも、薬売りさんは本当に些細《ささい》なことでもよく褒めてくれるのだが——半歩でも前に進めた。それが、嬉しい。嬉しくて、少しもどかしい。

「ふ……う」

車椅子に座り直すと、「お疲れ様です」と薬売りさんが労《いたわ》ってくれる。

「今日も頑張りましたね、お茶でも淹《い》れましょうか」

「すみません……ありがとうございます」

毎晩の回復訓練。気恥ずかしさが消えたわけではないが、それよりやはり、薬売りさんのために少しでもできることを増やしたい。その一心で、リズレは諦《あきら》めずに取り組んでいた。薬売りさんも、それに充分すぎるくらい付き合ってくれている。

「——そういえば、ちょっとお伺《うかが》いしたいことがあるのですが」

「はい……なんですか?」

テーブルまで移動し、目の前に湯気の立つカップが置かれる。取っ手が大きめに作られていて、リズレにも持ちやすい。万が一こぼしても良いように、少しぬるめに淹れてくれるのも、薬売りさんの配慮だ。なんて、優しい人。

薬売りさんはそのまま、正面の椅子に座った。カップを傾けて一口。それから、赤い瞳でリズレを見つめる。

「うちには、薬品の素材を提供してくれる行商人さんが、定期的にいらっしゃるんですが……今日いらっしゃった方が仰《おっしゃ》るには、最近、魔物や獣に襲われる被害が多いみたいで」

「そう……なんですか」

頷いてから、ハッとする。

「そういえば、アダムスカさんのところへ行くときも、熊さんや蛇さんが……」

「はい。私も、それを思い出しました」

薬売りさんはこくりと頷いて、また一口カップの中身を飲む。

「魔力《マナ》の流れの悪い土地が、多くなってるみたいですね。あの山も同じような感じでしたし。それで、良い獣避けを知らないかという話になりまして」

「獣避け……ですか」

残念ながら、リズレにそういった知識はない。もしかしたら、記憶を失《な》くす前は知っていたのかもしれないが……今はとんと、思い出すことができない。

しかし、薬売りさんの顔はなぜか明るかった。

「リズレさんはあのとき、唄《うた》を歌って熊を追い払いましたよね？」

「え？　あぁ……そういえば……」

正直、思い出したのは言われてからだった。アレは本当に咄嗟《とっさ》のことで、気づくと唄が口から溢《あふ》れるように出てきたのだ。同じことをしろと言われれば歌うことはできるが、少なくともあのときは、意識的に行ったわけではなかった。

「あの熊さんは怯《おび》えていて……それを、強く感じまして。反対に、薬売りさんの音は……冷たくて、刃物みたいな――」

ぼんやりと当時のことを思い出しながら口にする。そうだ。あのときは目が見えなかったから、音で全てを判断していた。こうして目が見えるようになった今思うと、音は純粋な音であることもあるし、もっと違う――その場のヒリつく空気や雰囲気、魔力《マナ》の流れみたいなものも、音としてこの耳は拾っていた。今でも、知覚の一種としてその働きが大きい。

ふと、目の前に視界を戻すと、薬売りさんが大きな身体を縮こまらせて、ずんと落ち込んでいた。

「く、薬売りさん？」

「いえ……その、怖い想いをさせてしまっていたのなら、申し訳なく……」

「あっ、そんな……き、気にしないでください」

リズレ自身は、薬売りさんを怖いと思った覚えはない。ただ、あの熊は怯えていた。こちらと遭遇する前からそうだったたし、薬売りさんの殺気を感じてからはより一層怯えが強まった。そうだ、だからリズレは歌ったのだ。

「そうですね……あんなふうに『大丈夫だよ』って声で伝えられたら……お互いに、安心できますよね」

「──！」

薬売りさんの顔が、サッと変わった。髭《ひげ》の生えた顎《あご》に手をやり、しばらく俯《うつむ》き考え込む。優しげな普段の表情とも違う、凜々《りり》しさがある。

「……遺跡などに仕掛けられた罠《わな》には、マンドラゴラの声を発生させるものがあるんですが」

「えっ？　は、はいッ」

思わず見とれてしまっていたリズレは、それをごまかすように慌てて声を上げた。薬売りさんは少しだけ訝《いぶか》しむように眉を上げたが、すぐに本題へと戻った。

「似たようなものが、もしかしたら作れるかもしれません。音の本質は空気の振動ですし、それなら私の振動魔法を利用すれば……」

「薬売りさんの極魔法《アルマ》って、振動の魔法だったんですね」

以前にも近くで極魔法《アルマ》を使っているのは感じていたが、よく理解できていなかった。また一つ、薬売りさんのことが知れたようで嬉しくなる。

「はい。いつもは心拍強化や刃物に使用することが多いのですが、音の波動を抑えるのに使ったこともありますし、似たような原理で──」

「へぇ……？」

正直、イメージは今一つわかなかったのだが、リズレが頷くと薬屋さんは少し焦《あせ》ったように「えっ、あ、いや」と口をもごもごさせた。それからごほん、と一つ咳払いをし。

「……というわけで、リズレさん。ご協力いただけますか？」

ご協力。

イメージはわかずとも、その単語がやけに頭に響いた。

（薬売りさんの……お役に、立てる……！）

「わたし……やってみます！　おてつだい、してみたいです……っ」

力を込めすぎて、思わず耳がぴこぴこと動いてしまう。薬売りさんは「ありがとうございます」と頷くと、一旦席から離れて、工房の奥からなにかを持ってきた。

「これは……石、ですか？」

それは手のひら大ほどの、半透明の石だった。それを、台の上に転がらないよう薬売りさんが置く。

「これは魔層石《マナ・クオーツ》の塊《かたまり》です。普段は、薬の効果を増幅するために、薄く削って材料の一部にするんですが。今回はリズレさんの唄の振動を私が複写して、ここに魔法陣と音波を刻み込みます」

つまりリズレが歌えば、その音を薬売りさんが振動として、この石に極魔法《アルマ》を使って記録するということか。

「これに向かって歌う……のですか？」

「唄自体は私が入力しますから、ふつうに歌って大丈夫ですよ」

「分かりました。では……お願いします」

スッと息を吸い込む。薬売りさんの身体に魔力《マナ》が流れるのが分かった——極魔法《アルマ》を発動しているのだろう。リズレもまた、以前より意識して魔力《マナ》を身体に流し、そして更にそれを独特の旋律にのせる。

『——』

言葉にならない唄。記憶はないのに、唄だけは自然とわき出てくる。歌いながら、自分でも不思議と懐《なつ》かしさに包まれた。

これが薬売りさんの役に立つと思えば嬉しいし、薬売りさん以外の人々の役に立つのも嬉しい。そして、怯えている動物たちの役に立てるのも、また嬉しい。

ずっと役立たずだった自分。それがようやく、その一片でも恩返しができるのだと思うと、気持ちが高揚して声が更に伸びた。

「——はい。これくらいで、大丈夫です」

薬売りさんの声で、リズレはすっと歌うのをやめた。高揚のせいか、身体までぽかぽかと温かくなった気がした。

「これで、魔力《マナ》を石に流せば他の人にも唄が再生できるはずです。同じものをいくつか作って、商品として行商人さんに渡すつもりなのですが……大丈夫ですか？」

「はい……もちろんです」

なぜか、「もちろん」と言うのに自分でもわずかな躊躇《ちゅうちょ》があった。が、リズレの表情が明るかったためか、薬売りさんには気づかれなかったようで、そのまま「ありがとうございます」と微笑まれた。良かった、と思う。せっかく役に立てる機会なのに、変に気を遣《つか》わせたくはない。

(それに……)

リズレはじっと石を見つめた。

薬売りさんは、これを「商品として」と言っていた。つまり、これは人助けでもあり、同時に金策の一種でもあるのだろう。

(もしかして……お金が、足りないのかも)

思えば、リズレがここに来てからずいぶんと経《た》つ。その間に薬や食事などもずっと世話になっているし、なによりアダムスカさんのところでのリズレの治療には、結構な金額を支払ったことを二人の会話から感じとっていた。

だとしたら、この金策も自分のせいなのだ。そう考えると、恩返しをしたい気持ちがリズレの中でますます強くなる。

「あ……の」

「はい、なんですか?」

薬売りさんは最初、席を立とうとしていたが、リズレの顔を見るとすぐに座り直した。そして、「どうか、しましたか？」と静かに訊き返してくる。そういうところが、リズレの気持ちをたまらなく締めつける。そして、背中を押してくれる。

「実は……っわたし、ずっとお世話に……その。なのでなにか、他にもお手伝いできたらと……」

言いたいことはたくさんあるのに、上手《うま》くまとまらない。

（ダメ……ダメ。ちゃんと、言わないと）

もう、雪山のときみたいな想いはしたくない。なにより、頼るだけの自分じゃなくて、薬売りさんに向き合えるような、そんな自分になるんだってあの日。目が見えるようになった森の中で、決めたんだから。

「あの……工房で、働かせて……もらえませんか……っ」

――言った！

胸がドキドキした。もしかしたら、薬売りさんの上に倒れ込んでしまったとき以上に。このドキドキは、言いたかったことを伝えられた達成感なのか、それとも……不安、か。

ちらっと前を見ると、赤い瞳とは目が合わなかった。薬売りさんは考え込むように、俯いている。

「あ……の。わたし」

「リズレさん……それは」

薬売りさんは呟き、また少し黙った。今度は、顔を上げている。それを見つめて、リズレは言葉を待つことにした。言いたいことは言ったのだから……ぐっと唇を嚙みしめる。

ガタッと音を立て、薬売りさんが立ち上がる。

「――リズレさん」

「……はいっ」

「リズレさんの申し出に『はい』と言うのは簡単です。ですが、正直リズレさんの身体はそこまで安定していません。手足も上手く動かせず、魔法もまだ使えない」

薬売りさんの言葉は事務的だった。淡々と事実を伝える。そう、事実だ。あるいは、薬師による患者への客観的な見立て。

「そんな……半端《はんぱ》な状況では、仕事は頼めません」

半端。これこそが、今のリズレをなによりも端的に表している。

（わたし……）

恥ずかしい。

たくさん励まされて、たくさん褒められて。なんだかすっかりできる気になっていた自分が、恥ずかしい。

薬売りさんの言う通りだ。

リズレは手を動かせるようになってきた。――動きはぎこちなく、細かい動きはできないけれど。

立ち上がることができるようになってきた。——薬売りさんを支えにし、なんとかようやく立てる程度に。

薬売りさんの仕事の大変さは知っている。患者として、間近で見てきたから。患者さんを相手にする、大切な仕事だ。そしてリズレの歯を一から作ってしまうくらいに熱心で、妥協《だきょう》もない。

そんな仕事を、半端者に任せるはずがないのだ。

「すみません……わたし……」

今度はリズレが俯く番だった。これだけはっきり言ってくれたのはむしろ、薬売りさんの優しさだろう。患者としてではなく、「助手を希望する相手」として向き合ってくれた。それを、喜ばなくては。

「——なので」

ふと。俯いた先に、薬売りさんの足が見えた。片膝をつき、そっと手を重ねてくる。大きな手。固い手。優しい手。

少し顔を上げると、柔らかく緩《ゆる》んだ赤い瞳と目が合った。

「リズレさんが一人で動けるように……そうなったら、一緒に働いてください」

そして、小指に小指を絡《から》めてくる。

「これも、約束です」

「……っ！」

その言葉に、ぐわんと頭が揺さぶられた。

約束。薬売りさんがしてくれた約束。

わたしを必ず治すと、わたしの意識もはっきりしていなかったような頃にしてくれた約束。

そして今度は——治ったその後の、約束。

（わたしは……本当に今の今まで。この人の背中に……優しさにもたれかかってただけ）

一歩踏み出して、目が見えるようになって。今度はもっと——倒れることなく、自分の足で立ち上がって。そして。

（薬売りさんと一緒に歩かなきゃ……！）

酷い状態だったわたしを見捨てずに、一つ目の約束に向けて真摯《しんし》に向き合い続けてくれた薬売りさんだ。

きっと今回の約束も、そうなると信じてくれているからこそ、結んでくれた。

（だったらわたしは……それに、応えなきゃ）

「薬売りさん……わたし、変わりたい。もっともっと……頑張りますッ」

「はい」

こくりと笑顔で、薬売りさんが頷く。まるで、なんの心配もしていないというように。それにまた、心が励まされる。

きっとできる。やれる。やらないと。

なにより、「一緒に過ごす時間は短い方が良い」とまで言っていた薬売りさんが、初めてしてくれた『先』の約束だ。

少なくとももう、以前のようにただ拒絶されるのとは違う――そんな希望が、心を強くしてくれた。

自然と身体に力が入るリズレの頭を、ポンと薬売りさんが撫でた。

「それじゃあ、今日はこのくらいにしておきましょう。ゆっくり休むのも、回復のための大切な薬ですから」

「は……はい！」

頷き、ふと指先を見つめる。

「そういえば……さっきの指は？」

「あ……そうですよね。私の故郷では、約束するときに、こうする習慣があって」

「薬売りさんの、故郷……」

小指を意識して、ちょこんと動かす。

薬売りさんの小指が離れた後も、なんだかまだ繋がっているような。そんなくすぐったさを感じた。

エルフの女性一人を助けたところで、過去の罪は清算されない。そんなことは、分かりきっているはずだった。

事実として存在しているのは、リズレが無意識にでも助けを求め、私が助けたいから助けた。ただそれだけだ。

それなのに、どうして彼女はこうも、私に明るい気持ちを与えてくれるのだろうか――。

＊＊＊

ことの発端はおそらく、リズレと二回目の約束を交わしたあの夜。

その日からリズレの様子は変わってしまった。

「リズレさん、大丈夫ですか？」

「だい、じょうぶです」

にこっと微笑みながら、しかし腕を振るわせ、リズレはフォークを口元に運んだ。食事の訓練。以前と違うのは、フォークと手を紐《ひも》や布で固定せずに、自力で持って口まで動かしているという点だ。

「……っ、大丈夫です！」

ぱくっと野菜を口に入れると、リズレは同じ言葉をもう一度繰り返した。それから、空《から》になった私の皿を見て「片付けも自分でやりますから。薬売りさんは、お仕事の準備をどうぞ」と言ってくる。

あの夜から、リズレは「自分のことは自分で」と、私に助けを求めなくなった。

いや、もともとかなり頑張り屋さんで……だからこそ、アダムスカの屋敷から帰ってきた後の回復も、目を見張るものがあった。朝から晩まで、回復訓練も自主的に取り組んでいた。

その頃となにが変わったかといえば、一番はその眼差《まなざ》しの力強さだ。それはつまり、意志の強さということだ。

（あまり、根《こん》を詰めすぎなければ良いが……）

自分一人の皿を片付けながら、背後に残したリズレの気配をこっそり探る。

動かせるようになってきたとはいえ、指先まで細かに意識して動かそうとすれば本来以上に力が必要になってくるし、精神的にも疲弊《ひへい》するだろう。変に力が入って、筋などを傷《いた》めることもあるかもしれない。

だからこそ、無理のないペースを作ってやってきたつもりだったのだが――。

（今のリズレさんにとっては、私が口出しするのはかえってマイナスかもしれない）

本人のモチベーションもあるし、目の届かないところで無理をするようになってはかえって危険だ。なにより、私がずっと「患者」としてリズレに関わってきたことが、自意識を取り戻したリズレにとって逆に負担になっていた……だからこそ、リズレは急に無茶を言いだしたわけで、ここで過保護になっては元も子もない。

一人で動けるようになったら一緒に働く。この約束は、リズレと対等な立場として結んだものだ。そしてその約束に向けて、彼女は今自分の意志で突き進んでいる。

(信じよう、リズレさんを)

ここまでだって、信じられないほどの回復を見せてくれた彼女だ。私はせいぜい、頼まれない限りは、危なっかしいときにだけサポートをすることに徹しよう。

ちらっと振り返ると、リズレが震える手で持ったフォークに刺した腸詰肉を、はふっと頬張っていた。

＊＊＊

「行商人に今月納品する『歌唱石』は間に合うとして……来月は、えぇっと……薬草や材料の採取、調合と梱包……あぁ、あと帳簿《ちょうぼ》の整理もしないと……」

工房の机に向かって、リストを書き出す。目の前の小窓から差し込んでくる白い光に、いつの間にか夜が明けていたことに気づいた。どうやら、うっかり徹夜してしまっていたようだ。

(でも、キリの良いところまでやっちゃいたいな……)

──リズレを見守り、私は私にできることをする。そう心に決めて、四ヶ月の時が流れた。

リズレはくじけることなく、辛そうな顔一つ見せずに訓練に励んでいた。

そんな彼女に、私ができること。報《むく》いることができるとすれば──。

帳簿を引き寄せ、ぱらりとめくる。先日行商人から受け取ったばかりのメモを見つめ、手元の計算盤を弾《はじ》いた。

（……これなら）

不意に背後から、トントントンとノックの音が聞こえた。次いで、「入りますよ」という声。

「ん……ふぁい」

ちゃんと返事をしたつもりだったが、口を開いた瞬間に欠伸《あくび》が漏《も》れてしまう。それに、扉を開けて入ってきた彼女が少しだけ顔をしかめた。

「おはようございます！　もう……そのお顔、また寝てないのですか？」

コツンと、杖が床を叩く。松葉杖をつき、部屋に入ってきたリズレは口を尖《とが》らせ、それから表情を和《やわ》らげた。

「無理はしすぎないでくださいね。朝食とお茶の用意が、できていますよ」

約束に向けて邁進《まいしん》し続けたリズレは、すっかり手足を自由に使いこなすことができるようになった。居住空間も、脇に挟んだ松葉杖の助けを借り、自在に行き来している。

──彼女は、信じ難《がた》い期間で私との約束を果たしてくれたのだ。そして、最初の申し出通り、こうして今では家事や仕事を手伝ってくれている。

「すみません、つい……」

「お忙しいとは思いますが……お身体にだけは、気をつけてくださいね」

そう困った子どもに諭《さと》すような口調で言う彼女は、以前よりも更に表情が輝き、堂々として見える。きっと、自立したことで本来持っている彼女の内面を、すっかり取り戻したのだろう。優しく、強いリズレは、本当にすごい人だ。

こうして仕事も手伝ってもらっていると、この時間がいつまでも続くような――。

（いや、なにを考えているんだ）

脱線しかけた心に、歯止めをかける。

リズレが自立した今、目指すべきは彼女を元の生活に返すことだ……そのはずだ。だいたい、自分でも彼女に言ったではないか。自分と過ごす時間は短い方が良いと。

（待て……なのにどうして俺は――自立した後の約束なんて、してしまったんだ……？）

杖をついて先を歩こうとする彼女の後ろ姿を見る。初めて会ったときには、想像もできなかったような姿。一本ある腕で杖を握っている、その小指と絡めた自分の小指が、何故だか痺れるような感じがした。

「……薬売りさん？　どうか、しましたか」

ふと振り返った彼女の翡翠《ひすい》色の瞳に真っすぐ見つめられると、何故だか弱い自分がいる。

「リズレさん……実は、頼みがあります」

視線をそっと、机の上に移す。そこに置かれた帳簿に。

私ができること。彼女のためにできること。四ヶ月かけて、私もようやくそこに追いついた。

「──私と一緒に、来てくれませんか」

第八話　東方の聖女

街のあちこちから煙が上がっている。工場《こうば》の火から出るもので、それらはぐんぐん空へと昇り、まるで雲がそこから生まれているようにさえ見える。

「――着きました。ここが工業都市『ヴォルスティン』です」

背中越しに話しかけると、「ほわぁ……」というリズレの感嘆《かんたん》する声が聞こえてきた。今回の旅は背負子《しょいこ》を使うこともなく、魔道空機《エア・ガウル》に跨《また が》ったリズレは前部シートに座る私の腰にしがみつき、更に落ちないよう紐《ひも》で固定されている。

「すごいですね」

上空から街を見下ろしながら、リズレが驚きの声を上げる。

「ドワーフ領ということもあり、独特の文化と街並みですね。工業都市というだけあって、ここはモノづくりが盛んで……今から行くところも、魔装具と鍛金《たんきん》の工房になります。いわゆる鍛冶屋《かじ》ですね」

ドワーフは手先が器用な種族で、この魔道空機《エア・ガウル》もドワーフによる特製の品だ。

今回ここに来たのも、そんなドワーフの技術力を頼ってのことだ。

「ここにも、薬売りさんのお友達がいらっしゃるんですよね？」

「はい……まぁ、連絡は入れたんですが……」

実のところを言えば、未《いま》だに返事が来ていないのが引っかかる。

（いきなり行くよりはマシだと思ったんだが……）

やはり、リズレのことを知らせたのがマズかっただろうか。

「薬売りさん……？」

「あ、いえ。とりあえず地上に降りましょうか」

とにかく、会わないことには話にならない。私は操縦桿《かん》を持つ手に力を込め、下へと向かった。

「わぁぁ……すごいですね！」

地上を歩きながら、リズレが上空にいるときと同じことを言う。キョロキョロと周囲を見回し、集落とは全然違う景色に夢中なようだ。道は石畳で舗装されており、杖をついても歩きやすい様子である。

街の入り口に設けられた関所を通り抜けると、確かに外とは別の文化が鮮やかに広がっていた。それにリズレが興奮する気持ちも、よく分かる。

背の高い建物が多い都市の中を歩いていると、自分が小さくなってしまったような錯覚を覚える。建物を繋ぐように、カラフルなフラッグガーランドが街全体に飾られており、それがどことなく異国情緒《じょうちょ》を感じさせる。煙が立ち昇ってくる空の上よりも、こうして歩く地上の方がやや涼しく感じた。

「店はこっちです」

目的地は『アダマライター』という工房だ。店の近くまで行くと、鍛金工房ならではの熱気を感じる。そしてその熱気の中に纏《まと》わりつく、火と金属、それから油の匂い。

「すみません……手紙を出した者ですが。鍛造師《たんぞうし》のマドリリは」

扉の外側から中を覗《のぞ》き込み、声をかける。旧知である彼女はすぐに見つかった。入り口近くの金床《かなとこ》で、作業の真っ最中だった。

見るからに年季の入ったオーバーオールと手袋は、道具を大切にする彼女が長年使い込んで身に着けているものだ。バンダナから覗くクセの強い赤毛もまた特徴の一つであり、どこか彼女自身に似て荒々しく伸びている。昔からの癖《くせ》で、口には棒キャンディを咥《くわ》えていた。

「――マドリリさん！　すみません、連絡した件なんですが」

そう、一歩工房に踏み込もうとしたときだった。

「なにふざけてんだ黒スケがっ！」

突然の大声に、空気がビリリっと震えた気がした。バキッと音がして、マドリリの咥えていた棒が折れる。不機嫌に言い放った彼女は、無骨な保護用眼鏡《ゴーグル》を額《ひたい》にずらしてこちらをぎろりと睨《にら》んだ。

「マドリリさ――」

「アタシの前にエルフを連れてくるとは、どういう了見さねっ！　よく言うだろ？　便りがないのは要件がクソだからってさっ」

「いえ、あの……ふつう、便りがないのは良い便り、では……」

答えながら、やっぱりなと諦《あきら》めの気持ちが胸を占めている。こうなることは、おおよそ予測できていた。

マドリリは、アダムスカ、そして私の恩人と共通の知り合いだ。ここまで乗ってきた魔道空機《エア・ガウル》にも、マドリリの手が入っている。

彼女がエルフを、大いに嫌い抜いているのは知っていた。それは単なる偏見とは違い、経験に裏打ちされたもの、らしい。ドワーフもエルフと同様に長命な種族であるため、きっといろいろあったのだろうとは思う。フードで頭を隠しているリズレは、私の一歩後ろでキョトンとしていた。

――が、そんな彼女を訪ねてきたのには理由があるし、その理由に関しては諦めるわけにいかない。

「手紙にも書きましたが、マドリリさんにお願いしたいのは、彼女の義肢《ぎし》を作っていただくことです。マドリリさんにしか、頼めないんです」

彼女は、優秀な義肢造りの専門家だ。リズレは日常生活ならある程度支障がないほどの回復を見せたが、それでもやはり不便さはあるだろう。なにより、工房の手伝いをしてもらっている以上、安全面での心配もある。

アダムスカのところで左手と右足を失って以来考えてはいたことだが、やはり義肢が必要だろうと、今回の訪問となった。幸い、歌唱石のおかげで必要金額には届いた。あと必要なのは、マドリリの了承だけなのだが……。

「絶対に嫌だね」

きっぱりと、マドリリが言いきる。

「エルフときたら、そりゃ背がでかいだけでこっちを見下《みくだ》してさ。歳重ねても中身はガキみたいな奴らなんだ。そんな連中のために、アタシがなんかしてやるなんてまっぴらごめんだね」

「マドリリさんが、エルフを苦手としているのは知っていますが、こちらのリズレさんはそんな」

「苦手なんじゃなくて嫌いなんだよ！　背ばっかりでかくなってこの黒スケが」

そのまま、リズレには目もくれず、ぷいっと工房を出ていってしまった。

「参りましたね……」

その背を見送りながら頰を掻き呟《つぶや》くと、隣のリズレが「ごめんなさい」としょんぼりした。

「わたしのせいで、お友達と喧嘩になってしまって……」

「いえ！　マドリリさんはなんというか……口調がきつい方なので。そんな怒っているわけではは」

たぶん、とは心の中で付け加えておく。

「それに、リズレさんのせいではありませんよ。だからきっと、マドリリさんもそのうち分かってくれるはずです」

たぶん、とやはり心の中で付け加えて、私はリズレに微笑んだ。リズレもそれで少し安心したように、表情が和《やわ》らぐ。

それにしても、義肢の専門家への伝手《つて》なんて、私にはマドリリしかいない。きっと頑《かたく》なな態度を取られるであろうことは、事前に予測できていたことだ。

「マドリリさんも、わだかまりさえなければ親切で、面倒見の良い方です。もう少し粘ってみましょう」

「……はい！」

リズレの耳がピコピコと動いて、やる気に満ちた表情になる。それを見るとなんだかこっちまで元気が出るような気がして、少しだけ笑ってしまった。

『アダマライター』には、マドリリ以外にも数人のドワーフ職人がいて、それぞれに魔装具を作っていた。マドリリが所属している工房なだけあって、他の職人たちが作る義手や義足も見事なものだ。

魔装具は魔層石《マナ・クォーツ》を動力として動くものであり、基本的には乗ってきた魔道空機《エア・ガウル》と同じ仕組みだ。リズレは工房内を見学させてもらいながら、作られたばかりの義手を見て目を輝かせた。

「すごい……とてもキレイな手ですね」

「お、よく分かってるじゃねぇかエルフの嬢ちゃん。依頼者が毎日使うもんだからな。指の先の部分まで細かくこだわって作ってんのさ」

幸い、他のドワーフたちはリズレにも友好的でいてくれた。リズレが素直に感心してみせるためか、場がどんどん盛り上がっていくので、マドリリが戻ってきたときにまたも逆鱗《げきりん》に触れてしまうのではないかと、内心では心配だったのだが――職人の一人がこっそり私に耳打ちしてきた。

「悪いな、兄ちゃん。俺らが代わりに、エルフのお嬢ちゃんの手足を作ってやってもいいんだが、それだとマドリリの面子《メンツ》を潰《つぶ》しちまうしな」

「あ、いえ。そんな」

こちらとしても、マドリリとの関係をこじらせたいわけではない。職人の言うことはよく分かった。「それによぉ」と職人は続ける。

「マドリリの奴が作る腕や足は、悔しいが特級品だからな。あの嬢ちゃんのことを考えるなら、やっぱりあいつに作ってもらうのが一番だろ」

　ドワーフ社会では、男性と変わらず身体が頑強で、その上出産能力があり稀少な女性の方がヒエラルキーが高く、一目置《いちもくお》かれる存在である。家庭の形としても、一妻多夫制のところが一般的だと聞く。

　マドリリはそんな中で、強いリーダーシップを発揮して生きてきた女性だ。それこそ、一目どころか二目《にもく》と置かれているのだろう。

　――そのときだった。入り口から、フラッと戻ってくるマドリリの姿が見えた。どうやら買いに行っていたのか、口には新たな飴を咥えている。

（マズい！）

　工房内ではしゃいでいる姿を見られでもしたら――そう思ったが、遅かった。職人たちとキャッキャとお喋《しゃべ》りをしているリズレの姿は、すぐさまマドリリの目に留《と》まってしまった。

「つけている人の魔力《マナ》を伝えて、思う通りに動かせるんですか？」

「そうそう。ここの、接続魔道ユニットを通してな。イルダ人は魔力《マナ》が少ねぇが、お嬢ちゃんみたいなエルフが使うんだったら、そこも特注の良いヤツが必要だな」

「なるほど……そうやって、使う人によって考えながら作られてるんですね……すごいです」

「ちょ――すみません、リズレさん。今」

　とりあえず出直した方が良いかと、マドリリを横目で確認しながら、リズレに声をかける。

が。

「ヒトがいねぇ隙《すき》になに勝手にやってんだ」とでも、今すぐ怒鳴られてもおかしくない状況だ。

（……あれ？）

マドリリはリズレをじっと見つめたかと思うと、そのまま視線を逸《そ》らして自分の金床へと戻ってしまった。そのまま、出ていく前に行っていた作業を続ける。

（考えすぎ……だったか？）

とはいえ、いつマドリリの気が変わってもおかしくない。一旦宿にでも行くかと、もう一度リズレに声をかけようとし——いつの間にか、そばからいなくなっていることに気がつく。

「あ、あれ？　リズレさん……」

「兄ちゃん、ホレ。あそこだよ」

「いやーチャレンジャーだな」

職人たちが口々に言う先を見れば、リズレはいつの間にかマドリリのもとへと近づいていた。

（リズレさんっ!?）

「——お邪魔しています……マドリリさん」

リズレが、そうにこやかにマドリリに話しかける。

「ほんと、邪魔だよ。どっか行きな」

視線も合わせずに、マドリリが邪険に言い返す。私は思わず唾《つば》を飲み込んだ。どう仲裁をすべきか——間に入るタイミングを見計らうも、リズレはマドリリに話しかけ続ける。

「ごめんなさい、さっきは薬売りさんにばかり、お話ししていただいちゃって……自分のことなのに、ご挨拶《あいさつ》もできなかったので」

「結構だね。エルフの挨拶なんて聞きたくもない」

「そうなんですね、ごめんなさい……」

リズレが言うと、マドリリは「ハッ」と笑った。

「プライドの高いエルフ様がなにを謝るんだい？　ご機嫌取りのつもりなら、意味ないよ」

「いえ……わたしは、その……記憶がないので、エルフがどんなひどい態度を、マドリリさんに取るような人たちなのかも……分からなくて。それがなんだか、申し訳ないです……」

なんだか、リズレらしいなと思う。

マドリリの怒りを、正面から受け止められないことに対する申し訳なさ。そこには計算など一つも頭にないのだろう。

「……あんたのその手足は、イルダ人にやられたもんなんだろう？」

手紙自体は読んでいたのか、マドリリが斜に構えながら訊《たず》ねる。

「それなのに、イルダ人のあいつと一緒にいて平気なのかい？」

「え？　あ、はい……」

きょとんと、リズレが頷《うなず》く。なにを訊《き》かれているのか、今一つ分からないような顔で。

「薬売りさんは、わたしにずっと優しくしてくださった方ですし……今こうして動けているのも、薬売りさんのおかげです」

「いや……でも、イルダ人はイルダ人だろう？」

「えっと……？　でも、薬売りさんは薬売りさんなので……」

とんちんかん、とも言えるリズレの答えを聞いて、マドリリが頭を抱《かか》えるように俯《うつむ》いた。私はそれに、そっと近づく。

「あの……マドリリさん、リズレさんは」

「――っあーもう！　やめだやめッ」

突然、マドリリは顔を上げて、小さく舌打ちした。

「バカバカしい。小さいことにこだわって……これじゃあ、ガキなのはアタシの方じゃないか」

そう、バツが悪そうに呻《うめ》くマドリリに、「それじゃあ」と私は声をかけた。

「リズレさんの義肢を……!?」

「あぁ。このエルフの子……リズレだっけ？　アンタは、ドワーフの技術に対して敬意も払ってくれたしな。断れる理由がない」

「あ……ありがとうございます！」

ぺこりと頭を下げるリズレを見て、マドリリが頭を掻く。

「ほんっと……エルフなのに素直な子だね」

それから私の方に向き直ると、工房の前に置いた魔道空機《エア・ガウル》を指した。

「アレ、あんたが乗ってきたやつだろ？」

「あ……はい、そうです」

「それじゃああそこから、エンジンをもらうよ。この子のために作る継結義肢なら、動力にも強力なのが必要だ。あいつのなら、ちょうど良いだろう」

「でも、それは」

反対を口にしたのは、リズレだった。私の方をちらっと見て、申し訳なさそうに。

「……あの乗り物は、薬売りさんにとって大切な方の乗り物だと聞きました。それが使えなくなるのは……」

「いいんですよ、リズレさん。私の恩人も、遺《のこ》したものがひとの役に立てることを喜ぶと思います」

これは決して、ごまかしではなく自然と出た言葉だった。私から見た彼は、そういう人だった。

「――じゃ、いいんだな」

「はい、お願いします」

頷くと、マドリリはさっそくリズレの腕と足の採型と採寸を始めた。こうなると、仕事の早い人だ。

「よっしゃ！　良いもの作ってやるからな」

そう、リズレの背中をポンと叩く。それにリズレが、嬉しそうに「お願いします」と頷く。

（やっぱり……リズレさんには、人の心を解きほぐす力がある――）

そのことが何故か私まで、誇らしく感じて。

笑って話す二人の様子を、しばらく嬉しく眺めていた。

＊＊＊

「竜の一撃にも耐えうる硬度を誇るドワーフ鋼――それを特殊な技術で加工し、構成されたシエルパーツは世界で唯一《ゆいいつ》ここだけのものっ」

マドリリの演説に、周囲から「おぉー」と声が上がる。

「ハード面だけじゃない……指先までの繊細な操作を可能にする、ハンドマニピュレーター！それを動かすための魔力《マナ》を動力に過不足なく伝導する接続魔道ユニットは、エルフのために作られた特注品っ」

「おぉぉぉー！」

「もちろん、脚も持てる技術を注《つ》ぎ込んでいる。超重量に抗《あらが》えるほどのトルク《瞬発力》を持つコアを備え、安定性を保持しているっ！」

「おぉぉぉぉーっ！」

「あの……そのあたりで……」

マドリリからのお披露目《ひろめ》を受けたリズレは、新しい腕と脚を身に着け、もじもじと恥ずかしそうにしている。マドリリは水を差した私に「チッ」と舌打ちをすると、サクラを務めていた職人たちを解散させた。

「――まぁ、そういうわけだ。文句ないスペックだろ」

「はい……文句ないどころか……」

明らかに、日常生活にはオーバースペックなのだが。文句を言える立場ではないので黙っておく。

「動きも……だいぶ、スムーズになってきました」

リズレが、嬉しそうにマドリリに言う。使用者が気に入っているなら、それが一番だろう。つけた当初は指を動かすにもカタカタ音を立てて震えていたが、三日の調整期間を経《へ》て馴染《なじ》んだ今では、大胆にグーとパーを繰り返している。

「それだけ動かせるようになったなら、帰りは歩いていけるだろ。ただ、特に義足は長時間使っていると結合部がいくらか傷《いた》むからな。適宜《てきぎ》休ませろよ」

「はい……分かりました！」

リズレの返事に、マドリリが満足そうに頷く。この数日の間に、すっかり仲良くなったようだ。

「それじゃ――気をつけて帰れよ。黒スケも、倹約だとかケチケチしないで、ちゃんと転移屋《ポータル》や宿を使うんだぞ」

「分かってますよ……」

言うわりに、帰りの旅費以外は絞り取られてしまったのだが――まぁ、それも言うまい。隣で見送りに手を振るリズレの笑顔を見れば、妥当《だとう》な支払いだ。

「ありがとうございました！　きっと……また来ますっ」

工房の職人総出で見送ってくれるその様子に、やっぱりこの人は人を惹《ひ》きつけるものを持っているなと思っていると、リズレが小走りに駆け寄ってきた。

「すごいですね、それだけ動けるなんて」

「はい。とっても動きやすいです」

「マドリリさんの作った義肢が優秀だというのもあると思いますが……でも、ここまでリズレさんが回復訓練を頑張ってきたからこそ、その性能を引き出せているんだと思いますよ」

途端、リズレが顔を少し赤くした。「ありがとう、ございます」とくすぐったそうに呟く。

それからふと、新しい手でこちらの指先に触れてきた。

「リズレさん？」

「……こうやって、二人で歩いておうちに帰るの……初めてですね」

はにかんだ笑顔が、朝日に照らされる。それを見た瞬間、自分の頬が熱くなるのを感じた気がするが――それも、朝日のせいだと思っておくことにした。

「そうですね」

今はただ、この喜びを純粋に味わおうと、前を向いて歩きだした。

＊＊＊

集落に着いたのは、それから四日後のことだった。マドリリの忠告通り転移屋《ポータル》を梯子《はしご》しながら陸路を行った。

「わぁ……！　帰ってきましたね、薬売りさん」

工房の前まで来ると、リズレが嬉しそうに小走りになった。

「気をつけてくださいね。慣れてきたとはいえ、長く歩きましたし、脚に負担はかかっているはずですから」

転移屋《ポータル》を使ったところで、途中途中は歩くことも多かった。ふと思い出したのは、道中寄った街で聞こえてきた会話だ。

『なんでも東方には、獣や魔獣を鎮《しず》める魔力《マナ》を持った、聖なる巫女《みこ》がいるらしい』

——歌唱石。

工房に出入りしている行商人に預け、今回の旅の費用にも繋がったそれは、当初の想定以上に評判になっているらしく、そんな余計な尾ひれまでついてしまったようだった。

（目的は果たしたし、次の受注は断るかな……）

それはちょっとした胸騒ぎのようなものだったが、噂によって予想外な影響が出てしまう心配がある以上、無茶はしたくなかった。ちょうど、取引のある行商人がうちに来る頃だ。出かけていた間に寄っていれば、郵便受けに書き置きでも残していっているはず。それだけ確認し、こちらから取引中止の連絡を入れよう。

そもそも、リズレのことはできるだけ耳目《じもく》を集めないよう気を配っていた。もちろん、人間社会に酷《ひど》い目に遭《あ》わされてしまった、エルフである彼女を守るためだ。

歌唱石にここまで反響があるとは思わなかったが——。

「薬売りさん？」

呼びかけられて、ハッとする。いつの間にか、目の前にリズレの顔があった。翡翠《ひすい》色のきらきらと輝く瞳が、こちらをじっと見つめている。

「どうかしましたか？　難しいお顔をして……」

「……いえ、ちょっと。中に入ったらお話ししますね」

言いながら、郵便受けを確認し――「おや？」と思う。中身が空《から》だ。

（まだ来ていないのか？　珍しい）

訝《いぶか》しんでいると、工房の扉の前からリズレが「薬売りさん」と呼びかけてくる。心なし、声が弾《はず》んでいる。

「お話ということであれば、早速お茶でも淹《い》れますが、お茶請《う》けにはお土産《みやげ》で買ったお菓子のどれを――」

そう言いながら、リズレがドアノブに手をかけようとしたときだった。

ピリッとした空気を感じ、無言でリズレを引き寄せる。

「くっ、くすりうりさ……っ!?」

「すみません、静かに――」

胸元にいる彼女にそっと囁《ささや》き、扉越しに中の様子を窺《うかが》う。

（人の気配がする……）

アネやモネが来ている？　いや、彼女たちは確かによく訪ねては来るが、留守中頼んでもいないのに上がり込むような真似はしない。

それに……この肌を刺すような、懐《なつ》かしい感覚は。

（――殺気！）

「リズレさん……少し、離れて」

「え？　は、はい」

ただならぬ様子を察したのか、リズレは素直に数歩下がった。

野盗の類《たぐい》か。それにしては、静かすぎる。相手はおそらく、一人。

念のため、戦闘用ナイフはまだ持たないでおく。代わりに無手で構え、扉へと一歩踏み出した、その刹那《せつな》。

「戻ったかイルダの下衆《げす》め——覚悟ッ！」

罵声《ばせい》と共に、侵入者が飛び出してくる。手には、弓が握られているのが確認できた。

それを構えていた拳で叩き落とし、同時につがえられていた矢を奪う。素早く背後へ回り、「動くな」と警告。ここまで、事前に察知していたからこそ、素早く対応することが可能になった。

腕を首に回し、奪った矢の鏃《やじり》で頸動脈《けいどうみゃく》を狙う。尖《とが》った切っ先を、いつでも刺せる距離だ。

「……っ!?」

「何者だ。なにが狙いでここに来た」

侵入者は、翡翠色の瞳を大きく見開きこちらを見上げた。襲撃が失敗し、狼狽《ろうばい》しているのだろう。それでも、全身に緊張が走っており、すぐさま反撃してきてもおかしくない。

「イルダ人め……こうして姉も辱《はずかし》めたのかッ」

「え？　姉――」

「薬売りさん……！」

物陰に隠れて様子を見守っていたリズレが、心配そうに声をかけてくる。

「大丈夫ですか？　怪我《けが》とか……えっと、その方は」

その声を聞いた途端、襲撃者であるエルフがハッとしたのが分かった。剣呑《けんのん》な雰囲気が薄らぎ、代わりに悲鳴に近い声を上げる。

「――姉さん！」

（姉さん!?）

腕を放したのはほとんど反射だった。

そのエルフはまだ年若い少女ではあるものの、武装をしている。完全に警戒を解くわけにはいかなかったが、リズレを背に庇《かば》うよう移動しつつ、私は問いかけた。

「あの……貴女《あなた》は？」

「邪智の塊《かたまり》たるイルダ人に教える名など待ち合わせていない！　それより、姉を放せっ」

今度は確実だった。物陰から出てきたリズレを見つめて、「姉」と呼ぶということは。

「貴女は、リズレさ――彼女の、身内の方ですか？」

「そうだ。貴様らが姉を奪ってから四年間、ずっと探し続けてきたんだ……っ」

私は後ろにいるリズレを見た。リズレはきょとんとしながら、私の方を見つめてきた。

頷くと、彼女は頷き返してから一歩前へと進み出る。

「あの……わたしを、探してくれていたんですか……?」

「姉さん！　もちろん……ッ」

少女はもはや襲撃時の鋭さもかなぐり捨て、リズレへと抱きついた。両の目から、ぽろぽろと涙を流している。

「歌う石の噂を聞いて、もしやと思ったの。姉さんが……その石を無理やり作らされてるんじゃないかって……！　それで、噂を追ってここまでッ」

「そう……ですか」

泣いている少女の頭の近くで、リズレが手を彷徨《さまよ》わせている。撫でて良いものか、迷っているのだろう。やがて、リズレはその手を少女の背に添えた。

「……あの……ごめんなさい」

「姉さん……?」

「わたし……その。以前の記憶がなくて」

リズレがそう言うと、少女は横面《よこつら》を強《したた》かに叩かれたような表情になった。それから、リズレの腕と脚に気がつく。

「姉さん……?　その、手足は……」

「ごめんなさい」

小さな声で、リズレは繰り返した。

「あなたの名前を……教えてもらえますか……？」

＊＊＊

「私はイドリアと申します。先程は、姉を助けてくださった方に無礼を致《いた》しました」

工房の中。椅子に腰掛けた少女――イドリアが、深々と頭を下げる。肩でそろえられた金色の髪が、動きに合わせて揺れた。

「いえ、ご丁寧《ていねい》にありがとうございます。こちらこそ、手荒な真似をしてしまって……」

互いに誤解が解けた私たちは、一旦現状について話し合うことになった。警戒を解いたイドリアは、確かにリズレによく似ているように感じる。

「――つまり、姉さんは攫《さら》われた後、イルダ人の貴族に買い取られ……」

「状況的な判断でしかないので、詳しいことまでは分かりませんが」

私の説明に、イドリアは私の隣に座るリズレをちらりと見た。その視線が、新しい左腕をなぞる。

「……なんて、惨《むご》いことを」

「イドリアさん……」

あまりにも気落ちしているイドリアを気の毒に感じるのか、リズレは申し訳なさそうにその名を呼んだ。イドリアの眉が、きゅっと苦しげに歪《ゆが》む。

「……姉さん。あなたは、誇り高き森奉《しんぼう》の民《たみ》。弓匠《きゅうしょう》ベルティスの子。――名をルミレア・シエラ・アゥスプルム」

――本当の、名前。

ここにきてようやく、それが知れるとは。

「え……」

小さく、リズレが声を上げる。意識が戻ってから、ずっと渾名《あだな》で過ごしてきたのだから、違和感があるのだろう。

(けど……これは、大きな刺激だ)

本当の名前を呼ばれて、記憶がどうか……。

「私の実姉でもあります。私は……姉さんが消えた後、警察機構部隊――警兵団に所属して、ずっと姉さんの情報を集め続けました」

「……」

リズレは俯き、黙り込んだ。失った記憶を、手繰《たぐ》り寄せようとしているのかもしれない。

「私が今回、外界に出てきたのは姉さんのことだけでなく……とある任に就《つ》いているからです」

「任務……ですか?」

私が訊ねると、イドリアは小さく頷いた。言いにくそうに、やや声を潜《ひそ》める。

「例の歌う石……あれは、エルフの里でも問題になっていまして。というのも、あの石に込められた唄は、エルフの秘術だからです」

「秘術……つまり、門外不出の技ということですか」

言われた内容には驚きと、納得とが半々だ。生き物たちにアレだけの影響を与え、聖女によるものとまで噂されるような術――それを排他的なエルフが他種族に秘すのも、無理はない。

「はい。警兵団は、秘術を石に込めてイルダ人へ渡したエルフを咎人《とがにん》とし、連行することを決めたのです」

「つまり……それこそが、イドリアさんの任務なんですね」

なるほど。そういう類のものであるなら、イドリアが最初に、リズレが「無理やり石を作らされている」と考えたのも当然だ。本来の記憶があれば、決して進んで行うはずがないからこそ。

私は、俯いたままのリズレに視線を移した。

「石の件は後でお話しするとして……リズレさん。名前を聞いて……どうですか？　なにも、思い出せませんか……？」

「……ごめんなさい」

リズレの肩は、震えていた。

「イドリアさん、いろいろ話していただいたのに、なにも思い出せず……そればかりか、知らなかったとはいえエルフのみんなが大切に護っていた秘密を……外に……」

ほんとうに、ごめんなさい。

そう繰り返しながら、リズレは涙を流すことすらできず、ただただ自責の念と、後悔に打ちのめされた表情で、自分の手を見つめていた。

「リズレさん、石の件は私が――」

「実は、もう一つ……伝えないといけないことがあって」

イドリアもまた、リズレを正視することなく、視線を彷徨わせていた。暗く、悲しみに沈んだ瞳が、これから話すことの重大さを予感させる。

「姉さんが、里の掟《おきて》も忘れてしまっているのなら……連れて帰る前に、言わないとと思って。つまり、その……」

ちらりと、イドリアの視線が揺れた。リズレを一瞬だけ見て、耐えきれないように。

「任として、私は姉さんを『口外の罪を裁定するために』連れて帰らないといけない。、でも、その身体……イルダ人に暴行され、穢《けが》れてしまった身では――里に帰れたところで、もうエルフとしては扱われない……です」

「な……ッ」

思わず、目を見開く。穢れた身？　リズレが？

「リズレさんはここまで、苦労を背負わされながら懸命に前へ進んできた……それを、穢れた身とはッ」

「エルフの掟としての話だ！　私だって……っ、姉さんをそんなふうに思うことなんてできない。が、里の者たちは姉さんの身体を見て、きっとそう判断するっ」

「……ッ」

なんということだ――。

ここまで、リズレが回復し、元の生活を取り戻すためにやってきた。つぎはぎと機械でできた手足は、リズレが勝ち取ってきた努力の証《あかし》だ。

出会った当初、あんな姿になってもなお、手放さなかったただ一つの願いが――まさか、仲間によってへし折られるなんて。

「……つまり、石の件がなかったとしても、リズレさんはもう仲間として扱われないと」

「……はい」

度《ど》し難《がた》い――いや、怒っている場合ではない。

このまま、イドリアとリズレを行かせては危険だ。

エルフとは気高《けだか》く、排他的な種族。そんな彼らが、「穢れた」として仲間と認めないと決定した咎人に対し、どれほどまでに厳しい措置を取るのか。想像に難《かた》くない。

「……秘術の漏洩《ろうえい》は、私に責任があります。リズレさ――いえ。ルミレアさん……を里で裁くというなら、私から経緯《けいい》を証言しなければ」

私の言葉に、イドリアはギョッと目を見開いた。ルミレアも慌《あわ》てて「薬売りさん！」と声を上げたけれど、私はそれをそっと身振りで制した。イドリアは、考え込むように呟く。

「……それは可能かもだけど、よそ者は里に入ったら二度と出られないよ？　姉さんのことは感謝している。けど、貴方《あなた》がそこまでする必要は……」

イドリアの言葉を聞きながら、私の目はルミレアを見つめていた。

出会った時は暗く、感情も手放してしまっていた目は今、翡翠《ひすい》色にきらきらと輝いている。壊疽《えそ》を起こし動かせなかった手足は新しく生まれ変わり、共に並んで歩めるほどになった。

それはルミレアの頑張りであって、その姿に私は励まされ、救われた気持ちになっていた。

――ルミレアを助けること。その理由なんて、数えきれないほどで。

「約束したのです。必ず、治すと」

ルミレアを見つめながら、はっきりと告げる。

「中途半端に患者さんを放り出すことはできません。私も――里へ行きます」

私の言葉に、イドリアは数秒考え込み、それから「いいだろう」と頷いて立ち上がった。

「明朝に出る。準備して」

「はい」

幸いと言うべきか。旅から戻ってきたばかりなため、旅装は解いていない。消耗品を足せば、すぐにでも出発できるほどだ。

（いや、そもそもエルフの里までどれくらいかかるのか――）

「薬売りさん」

考えを巡らせていると、すぐ隣から呼びかけられた。

ルミレアは泣いていて……そして、微笑んでいた。綺麗な瞳に、悲しみとも、不安とも、安《あん》堵《ど》ともつかないような感情をのせて、こちらをじっと見つめながら。

「また無茶をなさって……」

「いえ、歌唱石の発案はそもそも私ですし。それに、薬師《くすし》としての責務がありますから」

それはそれで、もちろん本音ではあったのだけれど。ルミレアの微笑みが深くなるのを見て――私は。

「薬売りさん。この御恩は……決して、忘れません」

（そうか）

結局のところ。

理由とか、責任とかはどうでもよくて。

俺はただ――この人がこれ以上、理不尽に傷つけられる未来が許せなかったのだ。

「……大丈夫ですよ、リズレさん」

つい、古い渾名で呼んでしまいながら、今だけは気づかなかったふりをする。

「きっと、一緒に戻ってきましょう」

「……はい！」

その笑顔に、心から誓う。

なにがあろうと、貴女を絶対に護り抜くと。

たとえ、この命を擲《なげう》つことになるとしても。

挿話・三
たった一つの願いは

やめて、ゆるして。お願いだからもうなにもしないで触らないで。

わたしはただ、水浴びをしに行っただけなのに。すぐに、おうちに帰るはずだったのに。

わたしを捕まえたのは、頭に大きな火傷痕《やけどあと》のある男だった。バロワズ——それが、男の名前だった。

わたしは着ていた衣服をはぎとられ、商品として扱われた。ただ——それにしては、男の行動は異常だった。

耳は逃げようとしたときに、バロワズと共にいた男に魔法で焼き切られた。その男は、バロワズに叩き殺された。

何度も何度も何度も、バロワズはわたしの尊厳を傷つけ、踏みにじり、憎しみと欲望を打ち付けてきた。首を絞めつけ、愉悦《ゆえつ》の表情を浮かべ、呪いと侮蔑《ぶべつ》の言葉を吐き、奪い、遊び、脅《おど》し、嘲《わら》い、殴り、壊し。

なによりも、わたしの絶望を願い、悦《よろこ》んでいた。

キズ耳。そう、嬉しそうに、腹立たしそうに、わたしを呼びながら。

目が覚めたとき、わたしは元の衣服を着て、冷たい石の床に寝かされていた。

あぁ——ここがどこかは分からない。それでも、それでも。

アレは夢だったんだ。夢だったんだ。

泣きたいほどに込み上げてくる喜びと、安堵《あんど》。早く、おうちに帰らないと。

早く、早く、早く——妙に急《せ》き立てられる気持ちのまま、立ち上がろうとしたわたしの前に、男は仁王立ちに立ちふさがった。一人だけじゃない——たくさんの男たちを引きつれ、にやにやといかにも楽しげにこちらを見下ろしていた。

「なぁ？　言ったろう」

バロワズは、わたしの顔を見ながら、またあの顔をした。嬉しそうな、腹立たしそうな——。

「この期《ご》に及んでも、現実も受け入れられない低能……しかも傷モンだ。あの変態貴族への納品まで、なにしようが自由——存分に、楽しめ」

やめて、ゆるして。お願いだからもうなにもしないで触らないで。

もうこれ以上奪わないでわたしで遊ばないで脅さないで嘲《わら》わないで殴らないで壊さないで。

わたしはただ、水浴びをしに行っただけなのに。すぐに、おうちに帰るはずだったのに。

帰して。

お願い帰して。
わたしはただ、それだけで良いの。
それだけで良かったの。
なのに、なんで。
あぁぁもうやだ。やだよぉ……。
お願い、だから。

「オウチ、ニ……カエリ、タイ…………」

「だーかーらー！　無理するなと散々言ってるだろうが黒スケっ」

男の姿をしたアダムスカに叱《しか》られ、青年は憮然《ぶぜん》と口を引き結んだ。顔や身体にはベタベタと湿布《しっぷ》が貼られ、包帯が巻かれている。全て、今処置されたばかりのものだ。

アダムスカはまるで幼子《おさなご》に言い聞かせるかのように、「いいか？」と、わざと優しい声音を出す。

「おまえは弱い。これは、おまえがイルダ人だからで、単純に身体構造の問題だ。分かるな？」

「……分かります」

いかにも不満げに頷《うなず》く青年に、アダムスカが引き攣《つ》った笑みを浮かべる。

「そうか、良い子だ。じゃあ、こいつとも約束しとけ。どうせおまえは、こいつの言うことしか聞かないんだからな！」

アダムスカが示したのは、いつの間にか彼の研究室《ラボ》に入ってきていた、二本の角《つの》が生えた大男だった。——笑う恩人を見て、青年の顔が歪《ゆが》む。

「なんだ、またアダムに叱られてんのか。しょうがないな。ほら」

恩人が差し出してきたのは、右手の小指だった。ボロボロな、固く大きな手。青年はますます顔を歪ませ、助けを求めるように恩人の顔を見つめたが、やがて観念して己《おのれ》の小指を絡《から》めた。

「指切りだ。あんまり、無茶するんじゃないぞ」


研究所を出て、二人で歩く。動かすと、昨晩の任務で怪我《けが》をしたばかりの足が強く痛んだが、最近忙しい恩人と並んで歩くなんて久しぶりで、青年は悲鳴を上げたくなるのを無視し、素知らぬ顔で歩き続けた。

「なぁ。おまえさんが本当にやりたいことって、なんだ?」

不意に恩人から訊《たず》ねられ、青年は「はいっ」と迷わず答えた。

「革命軍の理念に従い、暴虐的王政を打ち倒すべく、一人でも多くの敵を屠《ほふ》ることです!」

淀《よど》みなく答えられた自分を褒《ほ》めてやりたいと、青年は思った。足の痛みに声を引き攣らせることすらなかった。満点すぎる。

青年にとって恩人は、元は親のような存在であった。今は、所属する組織のリーダーであり、畏敬の対象だ。その隣を歩けるだけで、誇らしいほどに。

きっと自分の答えも、喜んでもらえる。

そう、思ったのだったが。

「……そうか」

ポンと頭に衝撃を受ける。固く大きな手のひらは、そのままぐりぐりと青年の頭を撫でてみせた。

「ちょ……っ！　なんなんですかっ。俺はもう、子どもじゃないんですからッ」

「はっはっはっ」

恩人が大笑いする。さすがに、文句の一つくらいは言ってもいいだろうか。軍の頭領相手だけれど。戦場《いくさば》に立てば、文字通り鬼と恐れられるようなひとだけれど。

ちらりと顔を上げて見た恩人の顔は、たぶん一生忘れられないと思う。声とは裏腹に、何故だか悲しそうな目をして、こちらを見つめていた。

なぜ、そんな顔をしているのだろうか。俺が、昨晩の任務でしくじりかけたからか。いやでもアレは、正体が敵側にバレて、危険な状況に追い込まれた同志を守るために仕方なく。それに、なんとか標的自体は始末できたし――。

固まってしまった青年の頭をもう一度わしゃりと撫でながら、反対の手で自身の白い顎髭《あごひげ》をさすり、恩人は言った。

「俺にとっちゃ、おまえは可愛い子どもだよ。いつまでもな――」

＊＊＊

「――ここが入り口だ」

イドリアが駆ってきたという、巨大なグリフィンに乗って里へと向かっていた私たちだったが――西へと進んだ先でイドリアがそう言ったとき、眼下には突如現れた山があった。

「山頂に……穴!?」

「このまま突っ込みます」

イドリアの言葉通り、グリフィンは勢いよく穴へと飛び込んでいった。激しい風が当たり、目が痛い。穴は暗く、深く。どこまでも続いていき、まるで底がないようで――その更に奥に、光が見えた。

「……ッ！」

真昼のような眩《まぶ》しさに目をすがめる。穴から飛び出した先にあったのは、広い空洞と、そこに根差した巨大な樹木群から成る都市だった。

「おかえりなさい、姉さん。『エルスヴァリア』へ」

イドリアが、ルミレアに微笑みかける。その表情は、工房にいるときよりも少し柔らかい。

それは、ここが彼女にとって『家』だからか。

エルスヴァリアは山の中の空洞にあるにもかかわらず、地上と同じように明るく、温かだ。

おそらく、山の頂《いただ》きから差し込む陽光を魔力《マナ》で増幅しているのだろう。巨木群のためか緑の匂いが濃く、目をつぶると鬱蒼《うっそう》と茂る森の中にいるような心地になる。

(こんな山の中に、エルフの里が……道理で、地上の森で見つからないわけだ)

これだけ厳重に隠されているのだ。里に来た余所者《よそもの》を帰さない、というのにも納得がいく。

「ここが……わたしの、故郷……」

周囲を見回すルミレアが、ぽそりと呟《つぶや》くのが聞こえた。記憶は、未《いま》だ戻らない。

「まずは鳥舎にこの子を返して、それから警務局本部へ向かう。帰ってきてすぐに、報告義務があるから」

イドリアが、グリフィンのもこもことした首元を撫でながら言った。私とルミレアはそれに頷《うなず》き、鳥舎へと降り立つ。

「ご苦労様、グリム」

自分の寝床に戻ったグリフィンは、騎手であるイドリアに労《ねぎら》われると、甘えるような声を出した。イドリアも、大きな頭に頬を擦《す》り付けてそれに応《こた》える。それだけの関係ができているからこそ、長距離の移動にも従うのだろう。

「イドリアさん……この人たちは？　もしかして、イルダ人じゃ」

先に鳥舎にいたエルフが、イドリアに耳打ちするのが聞こえた。私とルミレアに、いかにも不審な目を向けている。答えるイドリアは冷静だった。

「あぁ。今回の任に関する、重要な証人だ。問題ない」

あまりにも淡々と答えるからか、相手はそれ以上訊ねてこなかった。ただ、訝《いぶか》しげな視線はこちらから外れない。

それは、外に出ても変わらなかった。

「……なんだか、見られていますね」

本部まで歩く道すがら、あちらこちらから視線を感じる。それも、つぶさに観察されているような、粘着質な視線だ。

「里に部外者が来るなんて、珍事であり事件でもあるから。ある程度は仕方ない」

イドリアは言わなかったが、ルミレアの手足も、エルフたちの関心を引いている理由の一端だろう。エルフの技術とは異なる、魔装具による義肢《ぎし》をつけているのだから。おそらく、かなり異端だ。少なくとも、ルミレアの同族追放についての話を聞いた今なら、そう思う。

（ルミレアさんは、出会った当初はここに帰ってきたがっていたが……やはり現状を思えば、家に帰すよりも共に――）

いや、今は考えるまい。まずは、ルミレアの無実性を証言しなければ。

それに、全て上手《うま》くいったとして……そのとき、いったいどのようなことが起こるか。それはまだ未知数だ。

例えば、ルミレアの――記憶。

(記憶は……戻った方が、良いはずだ。記憶はその人の人生で、その人たらしめる要素で……だから)

ルミレアとしての記憶が戻ったとしたら、工房のある集落よりやはりこちらでの生活を望むかもしれない。その可能性は、ゼロではない。

(そのときは……いや、そのときも結局、私にできるのはルミレアさんの意志を尊重することくらいだ。薬師《くすし》として)

そう、心の中で改めて誓っていると――。

「イドリア……！」

正面から、女性の声が聞こえた。ハッとして見ると、こちらを真っ直ぐに見つめるエルフがいた。イドリアよりも更に、ルミレアに似た女性だ。

額《ひたい》には小さな水晶の飾りを身に着け、左手の甲には円形を基調にした特徴的な文様が彫られている。目鼻立ちからは、ほとんどルミレアの外見年齢と変わらないように見えるが――着ているドレスの落ち着いたデザインのためか、それともイドリアなどに比べ遥《はる》かに特徴的に長い耳のためか、纏《まと》う雰囲気にはどこか、より大人びたものがあった。

彼女は目に涙を浮かべながら「あぁそんな」と感極《かんきわ》まった声を上げた。

「ついに……ついに、見つけたのですね……っ、ルミレア！」

歓声と共に駆け寄ってくると、彼女はそのままルミレアを抱きしめた。強く、しっかりと。

その目に、涙が溢《あふ》れている。

それは姉妹の抱擁《ほうよう》というよりは、もっと深い情愛を感じさせるもので——。

「おかあ……さん？」

ルミレアが呟く。思い出した——わけではないらしい。自身に流れる血と同じものを感じ取る、本能であり、一種の縛りのようなものなのかもしれない。それゆえ戸惑《とまど》いが、声の中に交じっていた。だがそれ以上に、自分を迎え、安堵《あんど》してくれたその存在を、嬉しく感じているのもまた、伝わってくる。

（……良かった）

ただただ、純粋にそう思う。このためだけでも、里まで来た甲斐があったと思う。

「母さま。姉さんは今、記憶がないの」

「記憶……が？」

ルミレアを強く抱きしめていた手が、ぴくりと揺れた。ゆっくりと、名残《なごり》を惜しむように彼女は離れると、じっとルミレアを見つめる。ルミレアと同じ翡翠《ひすい》色の大きな瞳が、不安げに揺れていた。

「……ごめんなさい」

先に口を開いたのは、ルミレアだった。申し訳なさそうに、小さく俯《うつむ》く。

「そう……なの、ルミレア……いいえ、謝らないで。それだけの……大変な、想いを——」

彼女はそう言って、ルミレアの手足に視線を向けた。その目から、再び涙が溢れかける。

「――あの、ルミレアさんは……」

思わず口を出しかけ、その後の言葉に悩む。これだけ娘を心配していた母親にとって、再会直後に大切な娘がどんな惨《むご》い目に遭《あ》わされていたかを聞くのは、ショックが大きいだろう。ただ、その手足を得るために、ルミレアがどれだけの努力を重ねてきたかも、知ってほしい気持ちがあった。そしてそれを伝えられるのは、自分だけなのだ。

「あら……ごめんなさい、貴方《あなた》は――」

ルミレアの母親の涙が止まる。私をじっと見つめて――イドリアが説明するために口を開くより先に、ハッとした表情へと変わった。

「もしかして……お婿《むこ》さん!?　ルミレア、素敵な殿方を連れてきて……っ」

「え……っ」

「ち、違います！　私は――ッ」

思わず真っ赤になりながら、私は慌《あわ》てて否定した。同じように赤くなったルミレアと目が合い、ますます顔が熱くなる。

（なにを動揺しているんだっ、しっかりしろ！）

バクバクとうるさい心臓を手で押さえつけてやりたい気持ちになりながら、ルミレアの母親に向き直ると、彼女は平静さを取り戻して優しく微笑みながら、顔を赤くしている我が子を見つめていた。

（……なるほど）

やはり、ルミレアの母親だ。したたかで、優しさに溢れている。

場の空気が変わったのを感じながら、私は改めて自己紹介をすることにした。

「……私は、縁あって外界でルミレアさんの治療にあたっていた、薬師です。今回は、ルミレアさんの無実を証明するため、共に参りました」

「無実……を」

イドリアから、任務についての話は聞いているのか。彼女は下の娘の顔をちらっと見、それからもう一度ルミレアを見つめた。その身体を。

「……ありがとうございます、親切なイルダ人の薬師さま。大切な娘を、助けてくださって」

そう頭を下げる姿は、まさにルミレアの母親といった感じだ。

「わたくしはルミレアとイドリアの母、ラドミアと申します。薬師さまには改めてお礼をしたいのですが……イドリア。少しだけ、時間をもらえないかしら」

「母さま」

イドリアは強い口調で言い返した。それは苛立《いらだ》ちというよりは、戸惑っているようだ。

「母さまの気持ちは分かる。でも、時間が……警務に障《さわ》ってしまう。警兵長が」

「ええ、分かってるわ……でも、ごめんなさい。どうしても……少しでいいから。警務局へ行く前に、渡したいものがあって」

ラドミアは、下の娘に縋《すが》るような顔を見せていた。なんのことなのか分からない私たちは、口を挟むこともできない。イドリアですら、困っている様子だ。

形の良い眉をぎゅっと寄せ、ややあってから深く息を吐く。

「……分かった。でも、急いで」

「えぇ」

ラドミアの目は、変わらず優しさと、そして強い意志に輝いていた。


ラドミアの家は、そう遠くない場所にあった。巨樹の一部を利用した家の中は、外界の建物とそう変わらない。

「待っててね。今、すぐに……」

家に着くなり、ラドミアはパタパタと駆けだした。イドリアは腕を組み、ちらちらと扉を見ている。

「……ルミレアさん。ここは、ルミレアさんのご実家なんですね」

私は隣に立つルミレアに、そっと声をかけた。ぼうっとしたように天井を見上げていた彼女は「はい」と頷く。

「記憶は……変わらずないけれど。なんだか、懐《なつ》かしい感じはします……」

言って、自分の両の手のひらを見つめる。先程、母親と抱擁し合った手を。

イドリアはその間も、ソワソワし続けていた。時間が気になるようだ。

「それほどまでに、厳しい隊律《たいりつ》なんですか」

話しかけると、イドリアはちょっとだけ目を見開いた。どうやら、驚かせてしまったらしい。

バツが悪そうに視線を背《そむ》けて、イドリアはもごもごと口を開いた。

「隊律……も、そうだが。警兵長のシャクナ様が厳しい方で。とりわけ……他種族に関することには」

「それは……」

やはりルミレアが引き渡された後のことが心配だなと、そう不安を感じたときだった。

「──失礼する」

「ッ!?」

宣言と共に、玄関の扉が外側から開け放たれた。バッとそちらを向くと、長い髪を緩《ゆる》く括《くく》り、イドリアのマントと同じ色のローブを纏った男が、何人かを引き連れてやってきたところだった。

「シャクナ様！」

イドリアが、慌てて男──シャクナに向き直る。

「申し訳ありません！　本来でしたら、グリムを置いてすぐにご報告へ向かうべきところを

「……お詫びをっ」

叫ぶように弁解しようとするイドリアを、シャクナは手で制した。不遜《ふそん》な眼差《まなざ》しで部屋を睥《へい》睨《げい》すると、「匂うな」と呟く。

「不快な魔力《マナ》の匂いだ。姉はともかく……穢《けが》れたイルダ人を招き入れるなど、いかにも不戦の世代だな」

思わず、ピクッと目蓋《まぶた》が反応した。この男が言っているのはおそらく、八十年前に起きたという大戦のことだろう。種族間の対立の原因になったという、あの。それとも、私も参加した例の「革命」のことか。革命中でさえ、戦士以外のエルフはこの里にいたであろうから、外でどんな戦いが行われていたかは体験していないはずだ。

先の「革命」では——王政を敷くイルダ人を除く、他種族間とエルフとの同盟の決裂が原因となり、弱き民衆たちの悲願は夢に終わった。イルダ人に虐《しいた》げられる魔族であり、革命軍の頭領であった私の恩人も、頼みにしていたエルフの援軍が来ず、戦いの中で亡くなったのだ。

革命が最も激化した頃には、エルフによる非戦闘員を巻き込んだ、イルダ人の村の焼き討ちさえ行われていたと聞く。大戦後イルダ人を「穢れた存在」と見做《みな》し、害虫を駆除するが如《ごと》くに扱う——そういった過激なエルフの行為に、ただでさえまとまりが良いとは言いきれなかった他の種族らが反発したのだろう。現在まで続く、イルダ人によるエルフに対しての迫害行為を思えば、どちらも反吐《へど》が出るとしか言いようがない。

この男は、おそらくその二つの戦い——どちらも、戦士として経験しているのだろう。そういう、気迫を感じる。

「シャクナ様……」

「聞け。イドリア警長補佐」

私たちの姿を見たシャクナの顔は、侮蔑《ぶべつ》と敵意に塗《まみ》れていた。

（これは……ルミレアさんを一人で行かせなくて良かったな）

隣に立つルミレアをそっと手で庇《かば》うようにしながら、私はいつでも動けるよう重心だけゆっくり移動させた。

シャクナの指に魔法の炎が灯《とも》る。

「穢れた身体となり、秘術漏洩《ろうえい》の罪に問われているルミレア・シェラ・アウスプルム。及び秘術を売り、更には傲慢《ごうまん》にもこの里にまで入り込んだ穢れたイルダ人。——この者らは、死罪だ」

小さな炎だが、そこから感じる魔力《マナ》は絶大だ。その上、男の背後では部下たちが弓を構え、矢をつがえてこちらに向けている。

「……っあ……え？　死罪……？」

呆然と呟いたのは、イドリアだった。あれだけシャクナを畏怖してはいたが、死罪が宣告されるとまでは予見していなかったようだ。

「あの……そこまで」

「情報漏洩の報告を受けたときから、決まっていたことだ」

「ですが……あの！　この薬師の方は、それに関して証言を」

「穢れたイルダ人の話を聞いたところで、なに一つ覆《くつがえ》るものなどない」

にべもない返事に、イドリアが絶句する。

ばたりと、なにかが倒れる音がした。振り返ると、話を聞いていたらしいラドミアが倒れていた。

「お母さん……！」

ルミレアが駆け寄ろうとするが、すぐさま弓がキイッと音を立てて、引き絞られる。びくりと、ルミレアは動きを止めた。

「く――っ」

腰に佩《は》いたナイフの柄《つか》に手をかける。いざとなれば、仕込んだ薬だってある。この人数相手にどう戦うべきか、頭はすでにシミュレーションをしていた。

が、「待て」とシャクナが声をかけてくる。

「動けばこの場で射る。構わないか？」

それは、私にかけられた言葉だった。不戦世代――そんな言葉があるとすれば、私と目の前のシャクナという男は革命世代だ。相手も、それを感じ取っているのだろう。

（その時は……戦闘員《私》だけでなく、ルミレアさんも射るつもりか）

イルダ人と追放予定の咎人《とがにん》。彼にとっては、羽虫と変わらない命の軽さなのか。数秒迷い、私はそっと両手を上げた。勝機がないとは言わない。が、ただ逃げるにはリスクが大きい。

「……投降する」

途端、背後からガツンと後頭部を殴られた。寸前に予期していたため、気絶は免《まぬか》れたものの、その場に倒れ込む。首の後ろに、鋭い金属を突きつけられた感触があった。

「薬売りさん！」

ルミレアが悲鳴を上げる。シャクナはそれに全く頓着《とんじやく》せず、息を呑むイドリアにのみ告げた。

「この二人を本部へと連行し、牢に入れておけ」

「……承知しました」

倒れた場所からイドリアの顔は見えなかったが、声が震えているのは分かった。不戦の世代――確かにそういうものなのかもしれないと、痛む頭でぼんやりと考えた。

＊＊＊

警務局本部の地下に作られた牢は、静かだった。

里に着いて間もなくにイドリアが言っていた通り、外界と長いこと隔絶されたこの里では、今回のように『外部者』が侵入・捕縛されることも、珍事のようなものらしい。私たちの他に人の姿はなく、見張りも階段の昇り口にいる程度だ。

耳を澄ましていると、巨大樹木の地下茎が水を吸う音が聞こえてくるようだった。そして時折近くの牢から聞こえてくる、ルミレアの身じろぐ音。

「……薬売りさん」

一瞬、その声がルミレアのことを考えていたせいによる妄想の一部かと思ってしまい、反応が遅れてしまった。「はい」と慌てて返事をする。

「なにか、ありましたか?」

ルミレアの姿は、ここからは見えない。ここまで連行し、錠をかけていったイドリアの温情か――隣か、その隣くらいの位置にはいるらしく、会話をする分には問題ないのだが、ここ数日考え込んでいるようで、お互い静かに黙っていることの方が多かった。

「……こんなことになってしまって、考えたのですけれど……やっぱり、薬売りさんだけでもここから出ることはできないでしょうか」

ルミレアの声。どんな表情をしているのだろうと、ふと思う。目の見えない間、ルミレアもずっと同じような気持ちだったのかもしれない。

「歌唱石の責任は私にあります。むしろ、私はルミレアさんに逃げていただきたいですよ」

それは本心だったが、数日閉じ込められているだけで、この牢がいかに堅牢かは理解していた。単純に頑丈というだけでなく、エルフの桁外《けたはず》れな魔力《マナ》を利用した造りになっている。私程度の魔力量では太刀打《たちう》ちできそうもなく、記憶のないルミレアもまた難しいだろう。

「……どちらにせよ、今は沙汰《さた》を待つより他ありません。そのタイミングで外に出られるかもしれませんし、それに――約束したでしょう？　薬師として、私は貴女《あなた》を見捨てることなんてできません。一緒に、いますよ」

「薬売りさん……」

それきり、ルミレアはまた黙ってしまった。もしかして、泣いているのだろうか。

(顔を見たいな……)

そんなことを思う自分に驚きつつ、呆れて笑ってしまう。

(私はもしかしたら……治療を言い訳に、この人といたいだけなのかもしれない)

なんて浅ましいのだろう。薬師という立場で、患者である彼女にそんな想いを抱《いだ》くなど。もしそれが勘違いなどでなく事実なら……私は彼女から離れるべきだ。本来、なら。

(だが、今はダメだ。ルミレアさんを、今一人にするわけにはいかない)

ここに来る時、誓ったことは忘れていない。

(万一の事態になったとしても。ルミレアさんだけは……必ず助けてみせる)

――気がついたのは、そのときだった。静寂《せいじゃく》の中に、慌ただしい足音が入り込んだ。しかも、近づいてくる。

（食事の時間……？　いや、足音が普段と違う。これは）

「姉さん！」

パタパタと走ってきたのは、イドリアだった。警長補佐である彼女が直々《じきじき》に来たということは、とうとうなにかの動きがあるのか——いや、それにしてはイドリアの様子がおかしかった。焦《あせ》った表情でちらちらと自分が来た方を気にしている。

「イドリアさん……？　どうしたんですか」

「姉さん、逃げて」

ルミレアに答えると、イドリアは数日前に自分がかけた錠を外してしまった。ルミレアの牢と、私の牢。それは、あっという間のできごとだった。

「もしかして……すぐにでも刑の執行が？」

彼女がこんなことをする理由なんて、他には考えられなかったが、返ってきたのは「違う」というあっさりした答えだった。

「シャクナ様は、しばらくこちらに手が割けない。逃げるなら、今のうちだ」

「でも……イドリアさん。こんなことしたら、逃がしたことでイドリアさんが今度は」

おずおずとルミレアが言う。数日ぶりに見るその姿は、思ったよりもやつれていなくて、場違いに安心してしまった。

「いや……たぶん、それどころじゃない」

「それどころじゃない……？」

　思わず、私とルミレアは顔を見合わせた。イドリアはもどかしそうに「とにかくこっちへ」と促《うなが》してくる。

　私たちはそのまま、階段に向かって駆けだした。数日前、入牢したときにはいた見張りが、いなくなっている。

（いったいなにが）

　訝しむ間もなく、上から大きな爆発音が聞こえてきた。どうやら、牢のある地下は外界と遮断させるため、あえて音が届かない造りになっていたらしい。

「……襲撃を受けているんです」

「襲撃!?」

　また一つ音が聞こえ、同時に建物が震えた。

「襲撃って……警務局の本部が……ですか？」

　ルミレアが訊ねると、イドリアは「違う」と呟いた。その声が震えていることに、今更気がつく。

「里全体が――外界から侵入してきた奴らに、襲われてる」

（エルフの里に……侵入者が!?）

　エルフ内での小競《こぜ》り合いではなく、外部の者による侵略行為ということか。

長きに渡って、他種族にその在処《ありか》さえ知られることのなかったエルフの里。それが、侵入者により襲撃を受けている。

（……タイミングが合いすぎている）

珍しい外界からの「来訪者」として、私とルミレアがここまで来たのが、ほんの数日前のこと。いくらなんでも、そういった珍事が重なるなんて。

（もしや……つけられていたのか）

思えば、イドリアと会う直前から違和感はあった。届いているはずだった、行商人からの連絡。もしや、歌唱石の噂を聞いた何者かが、取り扱っていた行商人に危害を加えるなどして、工房に辿《たど》り着き——イドリアと出ていく私たちをつけたのか。

「イドリアさ——」

イドリアに、今考えたばかりの推測を話そうとし——やめる。真っ青な顔をしている彼女を、これ以上追い詰めても仕方がない。

階段を上がっていくと、焦《こ》げ臭《くさ》い匂いが立ち込めてきた。おそらく、里に火を放たれたのだろう。その中に紛《まぎ》れて、鉄さびに似た強い異臭《いしゅう》を感じる。

（これは……血かっ）

慌てて上まで駆けのぼり——見つけたのは、倒れている女性の姿だった。ここまで連行されることになった際に、シャクナに従い矢を向けてきた兵の一人だ。

「大丈夫ですかっ！」

真っ先に走り寄ったのは、ルミレアだった。彼女が傍《かたわ》らに膝《ひざ》をついた途端、びちゃりと嫌な音がした。

「……！　酷《ひど》い、傷……っ」

女性兵は胸からざっくりと切り裂かれていた。床には大量の血が溜まっていて、ルミレアが紅《あか》く染まる。

私は同じように隣に座り、そっと脈をとった。大きく目を見開いて見つめてくるルミレアに、そっと首を左右に振る。

「……残念ですが」

「……っ」

イドリアが、近くに落ちていた弓を拾い上げる。きっと、女性兵のものだろう。蹴り飛ばされたのか、土汚れがこびりついている。

「どうして……こんなっ」

ぎゅっと弓を抱きしめるイドリアを見て、「あぁ」と気がつく。きっとこの倒れている女性とイドリアは、本来親しい仲だったのだろうと。同じ所属で働いているのだから、充分にあり得ることだ。

「……イドリアさん」

ふらりと立ち上がったルミレアは、イドリアの肩を抱いた。

「イドリアさん。一緒に……助けましょう。他の人たちを。わたしは……大したことは、できないかもしれないけれど。それでも」

「でも……それじゃ、姉さんたちが」

「だからってこんなこと、放っておけないです！」

ルミレアの肩もまた、震えていた。その上できっぱりと言いきったルミレアの目は、強く輝いて見える。

「……っ」

イドリアが、こちらに視線を送ってくる。困ったような、泣きそうな表情に、「すみません」と謝る。頼まれても私には、ルミレアを説得できる気などしなかった。

「お伴《とも》しますよ、もちろん。目の前で傷ついている人を放っていては、薬師と名乗れなくなってしまいますから」

「薬売りさん……！　ありがとう、ございます」

ルミレアが、そう頭を下げたときだった。奥から、エルフの男が一人やってきた。脚に、やはり深い傷を負っている。

「イドリア……！」

男の叫びに、「大丈夫かっ」とイドリアが駆け寄る。支えようとするイドリアに、彼は「俺はいいからっ」と叫んだ。

怪我は創傷《そうしょう》で、なんとか太い血管は避けたようだったが、それでも出血は多い。私は自分の服を引き裂くと、それを傷口にぐいっと押し込んだ。男が「がっ！」と悲鳴を上げる。

「このまま押さえていてください。出血を止めないと」

「わ……かった。でも、頼む……侵入者たちが、向こうに──シャクナ様が………守って……！」

「──分かりました」

因縁《いんねん》のある相手とはいえ、危機だと聞かされれば放っておくわけにはいかない。ルミレアを見ると、こくりと頷いてきた。きっと、同じ気持ちだ。

「イドリアさん、案内をお願いします」

「……分かった」

先程拾った同僚の弓を手に、イドリアは深く頷いた。


騒ぎが起きている場所は、そう遠くなかった。悲鳴に、激しい戦闘音。それから、泣き声──。

（泣き声……？　これはっ）

駆けつけた時には、決着がついていた。先日見たシャクナが床に伏し、その顔を大柄なイルダ人の男が踏みつけにしている。

「どうだぁ？　穢れた存在に、虫ケラみたいに踏みつけにされてる気持ちはよぉ」

戦斧《せんぷ》を担《かつ》ぎ、ギャハハっと笑いながら、男がますます足に力を込める。ゴギっと、嫌な音がした。

「うあああぁッ！」

頬骨が折れたかもしれない——すぐさま助けに入らねばと思ったが、踏み込もうとする直前、幼いエルフの首に腕を回す、柄《がら》の悪い人間の姿が目に入った。

「シャクナさまぁぁ！」

子どもが泣き叫び、手を伸ばすも「うるせぇよ」と捕まえている男がその頭を殴った。

——ぞわりと、熱い感情が腹からせり上がり、全身が総毛立つ。頭のてっぺんまで熱い。


『シャクナ様が………守って……！』


シャクナが子どもを守っていると。

あれは、そのことを伝えたかったのかと、今更《さら》ながらに理解する。

（侵入してからここに来るまでの間に、人質として攫ってきたのか……！）

反吐が出る。先日のシャクナからは、飛び抜けた魔力《マナ》の強さを感じた。それがこうも容易《たやす》くやられるとは、人質をいいように利用されたのだろう。殴られた子は、ぐったりとしている。

（どうにか助けないと……）

シャクナはもちろんだとしても、まずは子どもだ。一瞬でも隙《すき》を突ければ――。そう考えていると、隣で震えていたルミレアが駆けだしていた。

「やめてください……その子をはなして！」

（ルミレアさん⁉）

てっきり、恐ろしさに震えているのだと思った――いや、都合よくそう思い込んでいただけか。ルミレアほどの優しさと強さを持つ人が、この状況で子どもを放っておけるわけがない。

「なんだ、耳長の女か……？　ヒデェ身体だなぁオイ」

大男が嘲笑《あざわら》う。禿《は》げ上がった頭を撫で、楽しげに足元に力を込めながら。

「元は悪くなさそうだが……なんだぁその手足は。目もせめて両方揃《そろ》ってりゃ、首から上だけでも飾りモンとして商品価値があるのによぉ。バラして部品にするか……いや、それとも――」

ビクッと、ルミレアの身体が跳ねた。当然だ。あんな醜悪な言葉をかけられて――あの男が、ルミレアを品定めしているその目こそ俺が抉《えぐ》り取ってやりたいが、その衝動を必死に抑え込む。

「やめ……ろ」

私の代わりにそう呟いたのは、大男の足元にいるシャクナだった。声は弱々しいが、瞳は誇りを失っていない。まさに、気高《けだか》いエルフそのものの彼は、掠《かす》れた声を搾《しぼ》り出した。

「子どもに……手を、出すな……ッ」

「ほぉぉぉぉぉぉぉっ？」

途端。大男がさも楽しそうに声を上げた。だがその目は血走り、口元は引き攣っていた。

「子どもに手を出すな！　全くその通りだ。そいつが人道ってもんだよ……なぁっ!?」

大男が、ダンッとシャクナの顔を足で踏みつけた。シャクナが一際《ひときわ》大きな声を上げる。それをまたゲラゲラ笑って、男は頭――大きな火傷痕《やけどあと》の残る部分をポンっと叩いた。

「まったく。俺の村を焼いた連中にも聞かせてやりたいぜ今の台詞《せりふ》。俺の家もダチも家族も俺自身も、ぜぇぇんぶ焼き棄《す》てやがった耳長どもによぉっ！」

息を荒らげながら、男は何度もシャクナを踏みつけ、蹴り、また踏み、踵《かかと》を躙《にじ》りつける。

「や……めろっ！」

叫び声と共に、イドリアが矢を放った。矢は大男の耳の端を浅く裂き、壁に刺さる。

「……んだぁ？　舐《な》めた真似をしやがって。このクソ豚がぁッ」

激昂と共に男は斧《おの》をイドリアに投げつけた。回転しながら向かってくる斧を、イドリアはすんでのところで避けはしたものの、斧でマントが床に縫いつけられる。

「全く……テメェらなんぞ俺たちにとっちゃただの商品のクセによぉ……商品が人間様に盾突《たてつ》くんじゃねぇよクソがぁ！」

大男はそのまま、動かなくなったシャクナから降りて、イドリアに歩み寄っていく。マントを外したイドリアが、もう一度弓に矢をつがえようとするが、大男がそれよりも早くイドリアの腕をつかむ。

「は、放せっ！　穢れたイルダ人が——っ」

「るせぇ。穢れてんのはどっちだクソ豚。いいか、テメェらは今から俺らに売られて、テメェらが見下す人間どもにお仕えすんだよ。まぁ……そうだな。テメェならそこそこ良い値段に——」

「や……めて！　イドリアさんから、手を……っ」

　固まってしまっていたルミレアが、そう慌てて声をかけると、大男は舌打ちをしながら振り返った。それから、「ん？」と顔をしかめる。

「テメェのその面《つら》……なぁんか見覚えがあるんだよな。特にその、反抗的な目だ……おいおい、もしかして」

「えっ？」

　大男はイドリアを放るとくるっと方向を変えて、ルミレアの腕をつかんだ。「ひっ」と悲鳴を上げる彼女を無視し、顔の横の髪を引っつかむ。

「キズ耳！　やっぱりだ——テメェ、売っぱらわれた商品がどうしてこんなところにいるんだよ、アアッ!?」

「ひ……や……っ」

正面から大男の怒号を浴びたルミレアが、カタカタと震えだす。その目は、恐怖で瞬《まばた》きすら忘れていた。

「や……ぁ……ぁぁあああっ!?」

「姉さんっ！」

イドリアが駆け寄ろうとするが、大男がそれを蹴倒す。

「がは……っ」

「るせぇ！　──妙な話だなぁオイ。テメェはもう使いどころがなくなって、とっくに廃棄したって、あの変態から聞いてたんだがなぁ？　それが、こんなツギハギだらけになってまた歩いて喋《しゃべ》ってるったぁ、どういうカラクリだ？」

ルミレアは男の言葉を聞かず、悲鳴を上げ続けている。全てを拒むように、なにも聞きたくない、考えたくないとばかりに──。

「つまり……アンタがルミレアさんを攫った張本人ということか」

「あ？　なんだ先からちょこまかといろいろ出てきてエルフども──って。これは驚いた、人間じゃねぇか」

俺は助けたエルフの子を、ちょうど起き上がったイドリアに預けた。

「遅くなってしまってすみません。ようやく隙ができて」

「あ……ありが、とう……」

イドリアが、困惑した顔で子どもを受け取る。子どもは気を失っているものの、大事はなさそうだった。売り物としての、価値を損《そこ》ねないためだろう。この子を拘束していた男は、すでに床に突っ伏している。

「なんだテメェ、余計なことしやがって。人間のくせに、耳長どもの味方をする気かぁ？」

「……彼女から手を放せ」

ルミレアは大男を震えながら見つめたまま、「あぁぁ……」と意味を成さない声だけを漏《も》らしている。まるで――初めて出会ったときのように。

「なんだって？　聞こえねぇなぁ」

大男はニタニタとそんな彼女を引き寄せ、片腕で抱いた。ルミレアが、一際大きな悲鳴を上げる。

それに、一歩踏み込む。同時に、口の中に隠していた薬をガリっと噛んだ。エルフの里に行くために、普段より強めに配合した強壮剤が心拍を強化する。アドレナリンが分泌《ぶんぴつ》されて視界が広くなり、無意識下でセーブしている筋力の箍《タガ》が弾《はじ》ける。

「――っふ！」

息吹《いぶき》と共に、一歩踏み出す。踏み出した足は地面を強く蹴り、大男の上まで跳んだ。反転する視界――飛び越しざま、ルミレアを抱く男の肩にポンと触れた。

「ガッ!?」

悲鳴を上げたのは大男だった。肩の筋肉に強い電気を瞬間的に流されたのと同等の振動を浴び、そこに繋がる腕まで不随意《ふずいい》に動く。大男の側面に着地した私は、その隙に男の脇腹を蹴り、生じた隙間からルミレアの身体を自分のもとへ引き寄せた。急所である脇に蹴りと同時に強振動を浴びた男は、その場に倒れ込む。

「――彼女に指一本触れるなと言ったんだ。外道《げどう》め」

念のため男から距離を取って、ルミレアの様子を観察する。恐怖に見開かれたその目は、正面にいる私ではなく過去のトラウマしか見ていない。

「ルミレアさん……ルミレアさん、大丈夫ですよ」

「あ……ぁぁあ……いや、いやだ……わたし、こんなの……ウソ……」

「――大丈夫ですよ、リズレさん」

痛ましい姿の彼女を、ぎゅっと抱きしめる。とにかく、彼女をなおも縛りつけようとする過去の悪夢一切を、取り除きたかった。

「私が貴女を守ります。もう怖いことなんてありません、絶対に。そして――一緒に、帰りましょう」

不意に、彼女の身体から緊張が取れ、ふっと目の焦点が合った。片方しかない、翡翠色の煌《きら》めきに、笑みを浮かべた私がいる。

「薬売り……さん」

そう呟くと、ルミレアはそのまま意識を失った。「姉さん！」と、子どもを抱いたイドリアが駆け寄ってくる。

「姉さんっ、もう……どれだけの、辛《つら》い想いをさせられて……ッ」

ルミレアとよく似たその両目から、ほたほたと涙がこぼれる。攫われた姉を助けるために警兵団の仕事をこなし、外との行き来を許される立場にまで邁進《まいしん》してきた彼女が、今のルミレアの姿を悔しく思うのは当然だろう。

そして——私も。

「ルミレアさんを……お願いします」

「え……」

顔を上げたイドリアは、すぐにハッとした表情に変わって頷いた。幼い子と倒れた姉の二人を抱えて、端の方へと移動する。

「ってぇなあオイ……なにしてくれてんだよテメェ」

怒気を孕《はら》んだ声と共に、大男はゆっくりと立ち上がった。あれだけのダメージを喰らい、起き上がるその姿に、身体が自然と戦闘態勢を取る。

「オレの復讐を邪魔しやがってよぉぉ……ふざけんじゃねぇどいつもこいつもクソがぁッ！」

男は傍らに刺さっていた斧を引き抜くと、見た目よりも素早い動きで迫ってきた。私もナイフを抜くが、斧の方がリーチがある。一歩後ろに下がったそこを、重い刃《やいば》が掠めていった。

（――っ今！）

躊躇《ちゆうちよ》が許されるような相手ではない。重心を前に移し、喉《のど》を狙ってナイフを突き立てた――はずだった。が、想定よりも早く返された斧の側面が、その切っ先を弾《はじ》いた。肘《ひじ》まで強い痺《しび》れを覚える。

「く……ッ」

「クソが――さっきので死んどけや」

言いながら、男がニヤリと笑う。戦いを楽しんでいる、愉悦《ゆえつ》の笑い。

「行くぞオラぁッ」

大振り――だが、凄《すさ》まじい膂力《りよりよく》が、予想よりも斧のスピードを速める。

「……っ」

一歩飛び退《の》いた床を、振り下ろされた斧が叩き割る。跳んできた破片でつぶらないよう、目を見開き、男との距離を見極める。

やはり懐《ふところ》に入らなければ――だが、正面から戦っていても、リーチ内に入った時点で斧の刃が襲ってくるだろう。どうにか、タイミングを計らなければ……。

「おい、テメェ」

ニヤニヤと、男が笑いかけてくる。私は応えなかったが、男は笑みを崩さないまま続けた。

「テメェも、俺と同類だろ」

「……私に、他種族を売り物にする悪趣味さはない」

「ちっげぇよ。そっちじゃねぇって」

カラカラと、今度は声を上げて男は笑った。意味が分からず眉をしかめる私に――今までで一番深い笑みを向けてきた。

「俺と同じ……人殺しってことだよ」

「――ッ」

ガツンと、ナイフの切っ先と斧の側面とがぶつかる音が響く。

「おーおーおー、ホラな？　迷わず喉元狙ってきやがって。人を殺すことになんの躊躇もねぇ」

おっかねぇなぁオイ、と男が口を引き攣らせる。私は答えず、そのまま男の腕と腹に向けて刃を返した。その度《たび》に、器用に操られた斧が男の急所を守って、甲高《かんだか》い金属音が鳴り響く。

「……確かに、俺は人殺しだよ」

「だろう？　オレの言った通りだ」

「あぁ……この手で、何人も殺してきた」

ナイフを持つ手に、ぐっと力を込める。極魔法《アルマ》をかけたおかげで刃こそ無事だが、何度も打ち込み、その都度《つど》防がれたせいで、手のひらも手首も腕も、じんじんと痺れる痛みがあった。

だが、今この手から――刃《やいば》を離すわけにはいかない。

「なんだそりゃ、自慢か？」

「いや――悔恨《かいこん》だよ」

じゃりっと、足元が鳴る。床には泥や砂利、建物の破片が散らばっていた。踏みにじられ、汚され、壊され。――それでも。まだその土台となっている巨大樹は、生きている。

「俺は過去を捨てなければと思った。でも、過去を捨てるなんて――そんなのは無理な話だ。自分がしたことは、いつまでも残る。犯した罪までなかったことにはできない」

だからせめて、過去に得た力を使って、人助けをすることにした。それがせめてもの、償《つぐな》いだった。そう信じるしか、生きていく道がなかった。

「俺とおまえは同じだと……そう言ったな」

「あぁ？」

幸せになんてなってはいけないと、そう思っていた。そんな資格はないのだと。

でも。

じりっと、またほんの少し男との距離を詰める。

「俺はおまえみたいに――人を殺して楽しかったことなんて、一度もないよ」

「――ッは！　意味分かんねぇよ」

大男が股間を狙って蹴りを放ってくる。一瞥《いちべつ》すらせずに――いかにも実戦技術的だ。前に出した足でなんとかそれを受けると、私はそのままぐんと内側に踏み込んだ。

（今ッ）

そうだ。躊躇《ためら》いは、ない。

殺すことにではない。

守るために、この力を振るうことに――彼女の、あの笑顔を。

そのためなら、迷いなんて。

「なっ!?」

男が声を上げる。

痺れる手――それをぐっと握りしめ、ナイフを相手の脇に刺し込んだ。

「……っ」

「ぐ……うっ」

男がその場に膝をつく。脇腹を押さえ、うずくまるようにして青ざめた顔をこちらに向けた。

「……動くな。動けば、余計な失血になる。……死にたくなければ、動くな」

私の言葉に、大男は「へへっ」と笑った。

「そう……だなぁ。死にたかぁ……ねぇ、なぁ」

大男の目はもはや焦点が合っていないようで、もう少しすれば意識を失うだろうと推測できた。そうなれば、拘束した上で手当てをしてやれば良い――生かすのは癪《しゃく》だが、そういった感情のままに相手を殺すのが正しいとも思えなかった。それでは、単なる私刑であり、この大男がやってきた非道と変わりない。

ここはエルフの里であり、被害に遭ったのはルミレアをはじめとするエルフたちだ。ならば、エルフのやり方で処遇を任せるのが一番良いと思う。

「へ……へへ……クソ……」

男は笑いながら、片手を上げげた。空の手だ——投降の意だろうかと、それを見つめる。男は口の端をひくりとさせながら続けた。

「ほんっと……クソだよなぁ……こいつらはオレの村を焼いたんだ……オレの妹が、どう死んでったと思う？　お気に入りのぬいぐるみを拾い上げてよぉ……助けて、助けて兄ちゃんってな……ただ死んでって……だから、オレは」

ハッとする。上げた男の腕に、魔力《マナ》が凝縮されていく。

（こいつ——極魔法《アルマ》を使えるのかッ）

ここまで肉弾戦で、すっかり思い違いをしていた。この男は自分の手でエルフを痛めつけることにこだわっていただけで、魔法を使えないわけではなかったのだ。

魔力《マナ》の急激な流動に、男の脇から血が噴き出す。それを、大男は「ハッ」と笑った。

「オレがよぉ、このままタダで死んでやるかよクソ豚どもがぁぁぁッ！」

大男は叫んだ——奥に避難している、ルミレアたちに向かって。黒く輝く魔力球を振りかぶりながら。

「やめろッ！」

ナイフをもう一度突き刺したところで間に合わない。放たれた魔力球は標的に向かって飛んでいき、ルミレアたちを巻き込んで弾けるだろう。

——誓ったじゃないか。命に代えても助けると。

「……ッ」

間に合えと念じて踏み込む。薬の効果はもう切れていた。酷使され疲弊《ひへい》している筋肉を、それでも動けと叱咤《しった》する。

イドリアがこちらに気がつき、ハッとした表情になった。今から魔法で防ぐのは間に合わないと判断したのだろう——気を失っている二人を庇うように覆《おお》い被《かぶ》さる。それで目を覚ましたのか、ルミレアがうっすら目を開くのが見えた。まるで、ぐっすり眠った日の朝のように。

あぁ——そういえば、彼女が目を覚ますところに居合わせたことがなかったなと思う。眠りにつくところも、眠っている姿も間近で見てきたけれど、不思議と、朝に目を覚ますと彼女が先に起きていた。私は早起きなつもりだけれど、そんなときは彼女の温《ぬく》もりに甘えてしまっていたのかもしれない。

ルミレアさん。……リズレさん。

貴女は私が守ります。必ず守ります。でも、ごめんなさい。

一緒には、帰れないかもしれない。

＊＊＊

怖い夢を見ていた気がした。でも、幸せな夢もたくさん見た。

目を覚ましたルミレアが最初に見つけたのは、薬売りさんの姿だった。

その顔は、微笑んでいた。優しく微笑んでいた。リズレがよく知る、薬売りさんの顔だった。

目が見えない間も、思い浮かべていた笑顔。

その顔はすぐに後ろを向き、背中しか見えなくなった。その背中もよく知っていた。リズレを負って、歩いてくれた背中だ。大きく逞《たくま》しく、安心できるその背中。後頭部でちょこんと結んだ髪が、負ぶわれると首筋に当たってほんの少しくすぐったい。

その薬売りさんの身体が、びくんと大きく跳ねた。バチンという嫌な音と、黒い光と共に。

薬売りさんのすぐ隣には、ルミレアを攫った悪魔のような男がいた。バロワズ、という名の男。彼は力尽きたように崩れ落ち、床に突っ伏した。

そして――薬売りさんも。

「薬売りさん……!?」

ルミレアが立ち上がると、覆い被さるようにしていたイドリアが驚いた顔をした。

「姉さん、意識が……いや、急に立ったりしたら危ない！」

そう慌てて止められそうになったけれど、ルミレアはバランスを崩しながらも、まろぶようにして薬売りさんの隣に駆け寄った。

仰向けに倒れた薬売りさんは、ぴくりとも動かず、その顔を見て思わずドキッとする。

どうして、息をしていないの？

「そんな……なんで、薬売りさ……薬売りさんっ！」

耳元で呼びかける。叫ぶ。だが返事はない。ただそこに横たわっているだけ。薄く開いた目には、なにも映さない。

どうして、そんな。薬売りさんがこんなことに。

薬売りさんの胸には、バロワズの手のひらが重なっていた。おそるおそるどかすと、そこを中心に服が黒く焦《こ》げ、肌まで焼けている。

この男が、薬売りさんの身体を破壊したのだ。ルミレアをいたぶり、身体も心も壊したのと同じように、薬売りさんまで。

「姉さん……」

イドリアが、子どもを背負ってやってきた。その目は、戸惑ったように薬売りさんを見つめている。

薬売りさんが優しい人だと分かっていたとしても……それでもまだ、信じられないんだろう。穢れた存在と揶揄《やゆ》してきたイルダ人が、自分たち《じぶんたち》エルフのことを命を擲《なげう》ってまで助けてくれたことに。

皮肉なことだけれど、ルミレアだって里を出るまでは知らなかった。里の外で薬売りさんと出会えたからこそ、今こうして、その尊さに打ちひしがれている。

「イドリア。わたし——この人を、助けたいの」

それは妹に言ったというよりも、自分に対する確認だった。助けたい、助ける。この人を絶対に、失いたくない。

（いなくならないで……薬売りさんっ）

右手を、その傷口にかざす。がむしゃらだった。これまで、魔力《マナ》の使い方は散々、回復訓練でもやってきた。エルフとしての記憶を取り戻した今なら、治癒《ちゆ》魔法だって……！

ふわりと、手の先が温かな光を放つ。ちゃんと発動した——発動した！　光は薬売りさんの傷口を包み込み、爛《ただ》れた傷口を癒《いや》していく。

——そのはずなのに。

「どうして……っ!?」

ルミレアの悲鳴が響き渡る。回復魔法で処置した先から、傷口はまた黒く爛れていく。回復が追いつかない。

「なんで……どうして、どうしてなのっ」

ありったけの魔力《マナ》を籠《こ》めているつもりだ。回復魔法だって、正しく作用している。それなのに、バロワズの置き土産《みやげ》はそれを嘲笑《あざわら》うかのように、薬売りさんの身体を蝕《むしば》んでいく。

「いやだ……いやだいやだいやだいやだ……ッ」

連れていかないで。この人を、連れていかないで。

息が苦しい。上手く、空気を吸えていない。頭が真っ白になって、今にも叫びだしてしまいそう。

再びパニックに陥《おちい》りかけるルミレアに、イドリアが「姉さん」と声をかけてくる。

「落ち着いて。息が浅くなってる。そんなんじゃ、姉さんまで倒れてしまう」

「落ち着いてなんて……ッ」

叫び、一瞬反動で息を深く吸う。イドリアが、不安そうにしている。それはそうだ――ずっと探していてくれたんだ、この娘《こ》は。わたしを。本当なら、戦いなんて好きじゃないはずなのに。苦労して探し出してくれて。それなのにわたしはなにも覚えていなくて。里の秘密まで漏らして。そして、今も。

でも。

――ぽろりと、自分の目から涙がこぼれた。ぽたりぽたりと落ちたそれが、薬売りさんの身体を癒してくれる……そんな奇跡があったら良いのに。薬売りさんは、動かない。

「起きて……起きてください、薬売りさん……っ」

記憶を取り戻した今――全てを思い出せる。

あの、水浴びの帰りに突然襲われた日のこと。

弄《もてあそ》ばれ、いたぶられ。

目が痛くなるほどに涙を流しても、喉が裂けるまで叫んでも、助けなんて来なかった。

群がる男たちに蹂躙され、売り払われた先ではより深く傷を全身と心に刻み込まれた。

あんなに明るかった世界は暗転し――そして、なにもかもを、手放した。

――それなのに。

そんなわたしの世界に、また一筋の光が射し込んだ。

その光《奇跡》こそが、あなた。

身体を動かせず、目も見えず、心すら手放していたわたしを、掬《すく》い上げてくれた人。

毒に苦しんだときも、手足を失う怖さに不安なときも、傍らで寄り添ってくれた人。

食べる楽しさを。人と触れ合う喜びを。もう一度教えてくれた人。

自分の手で持ち、自分の足で立つ自尊の心を、取り戻させてくれた人。

そしてついには、もう帰れないと諦めていた家族と故郷まで、取り戻してくれた。

――薬売りさん。わたしはあなたに、どれだけのものをもらったのでしょう。

そんなあなただから、わたしは。

「……諦めない」

ぐいっと涙を拭《ぬぐ》う。

薬売りさんは、散々弄ばれて壊されたルミレアのことさえ、見捨てず救ってくれた。彼は偽善だと自嘲《じちょう》したけれど、確かにわたしはそれに救われた。

それこそが、事実。

（決めたんだから……守られてるだけのわたしじゃなくて。その隣を、一緒に歩けるようになるんだって――！）

今度はわたしが、この人を助けるんだ。

そう強く誓った瞬間、右腕に強い魔力《マナ》の流れを感じた。アダムスカさんにもらった、ハイエルフの腕。できるよ、大丈夫。力を貸すから。――そう、腕の本来の持ち主が、囁きかけてくれた気がした。

「薬売りさん、一緒に帰りましょう……！」

膨大《ぼうだい》な魔力《マナ》が、右手のひらから溢れ出てくる。指の先まで熱い――先程とは比較にならないほどの、光の奔流《ほんりゅう》。治癒魔法が、傷口だけでなく、薬売りさんの全身を包み込んだ。

「……っ！」

薬売りさんの焦げて爛れた肌が、光に当たった部位からたちどころに再生していく。

もっと、とルミレアは力を込めた。

表面だけじゃなくて。もっと、身体の奥まで。

遠くに行ってしまうのを、引き止められるくらいに！

「お願い……還《かえ》ってきて薬売りさんっ！　わたし……まだ、あなたの名前を呼ぶことすらでき

てない……ッ」

叫びと共に、一層強い光が白く視界を染めた。ぎゅっと、右手を胸に押しつける。

強く、強く、強く――！

「……ッ」

ハッとした。手のひらに鼓動を感じた……気がする。

慌てて耳を胸に押し当てると、ドクンドクンと、力強い規則的な鼓動が確かに聞こえた。

「薬売りさん！」

思わず首筋に抱きつくと、すうっと穏やかな呼吸音が聞こえた。

「良かった……良かったぁ……ッ」

涙はもう枯れ果てて出なかった。きっともう、今は泣く必要もないのだ。

この人が生きていてくれる。それだけで充分に満たされる思いがした。

（あぁ……やっぱり、わたし。ルミレアに戻っても変わらない）

この胸に抱いた想いは、変わることなんてない。

――わたしはこの人を、心から愛している。

「連れ出して済まないね。だが、これは極めてプライベートな問題を孕《はら》んでいることだから、二人きりで話した方が良いかと判断したんだ。主治医の一人としてね」

かつて、アダムスカはルミレアにそう告げた。テラスに吹く風は冷たく、そしてどこか澄んでいるように感じた。その風と同じ空気を纏《まと》ったアダムスカの瞳が、ルミレアを真っ直ぐに見つめていた。

「キミは過去に受けた暴行により、女性としての身体機能にも深刻なダメージを負ったようでね。治せないわけではないが……大きな代償《リスク》を伴う。その選択について、話しておきたい」

＊＊＊

私の前には扉があった。旧知であるアダムスカの館にある、ただの扉だ。だが、今はノックをするのにも一つ深呼吸をする必要があった。

——エルフの里の襲撃事件から、三ヶ月ほどが経《た》っていた。

襲撃者たちは、頭目だった大男が死んだことにより組織としての結束が瓦解《がかい》し、エルフたちの反撃に合って捕らえられた。

そして事件の沈静化後、私とルミレアはシャクナに呼び出された。襲撃者討伐による恩赦《おんしゃ》——つまりは、漏洩《ろうえい》による罪の帳消しと、ルミレアの身分の復活。里に来た本来の目的が、果たされた瞬間だった。

「今回のことは……私の不徳の致《いた》すところでもある」

エルフによる治癒《ちゆ》魔法のおかげだろう。すっかり回復したシャクナだったが、私たちの前でそう告げた表情は浮かなかった。

そのときはどういうことなのか分からなかったが——里を出る直前にシャクナから、過去にエルフがイルダ人の村を襲撃したこと。シャクナはその指揮を執《と》った当人であり、更にあの大男はその生き残りであったのだろうということを聞いた。

「過去の亡霊に、踏みつけにされたような気持ちだ。いや……生きながらの亡霊を産み出してしまったのだから、もっと罪深い」

そう話してきたのは、私がイルダ人だからこそなのかもしれない。なんにせよ、初めて会ったときの彼とは、大きく心境が異なるようだった。

旅立ちの直前に受け取ったのは、シャクナの悔恨《かいこん》だけではなかった。

「ルミレア。これを持っていって」

恩赦が出たのにもかかわらず、自《みずか》ら掟《おきて》破りの身として外界に出ることを選んだルミレアのもとに、ラドミアが贈り物を届けてくれた。それは美しく輝く結晶で、それだけで淡い光を放っていた。

「お父さんの形見なの。本当は、捕まってしまう前に渡そうと思ったのだけれど」

「お父さんの……」

ルミレアはそれを受け取ると、大切そうにぎゅっと抱きしめた。それを、ラドミアが更に包み込むようにして抱きしめる。

「ルミレア。離れてしまうけれど……お母さんもイドリアも、ずっと貴女《あなた》を想ってるわ。どうか……幸せでいて」

「……ッ」

ルミレアが、ラドミアを強く抱きしめ返す。着いたときとは違った意味を持つ抱擁《ほうよう》。

私は邪魔にならぬよう、少し離れたところで見守っていたが――。

「薬師《くすし》さん」

顔を上げたラドミアが、深々とお辞儀をしてきた。慌《あわ》てる私に、「娘を、どうか宜《よろ》しくお願い致します」と。

「お顔を上げてください……！　ルミレアさんは、私にとっても大切な人です。ですから」

きっとラドミアにとっては、大事な娘を、深く傷つくことになった外界に再び送り出すなんて、不安でたまらないだろう。

私は膝《ひざ》を折り、ラドミアに視線の高さを合わせて真っ直ぐに告げた。

「ルミレアさんが幸せに暮らせるよう、全力で努《つと》めます。必ず」

ラドミアは私の目をじっと見つめてきた。ルミレアともよく似た顔に、瞳。だが、見据えられると百年以上の歳月を経《へ》てきたエルフの重みを感じさせられた。

「……ありがとう、親切なイルダ人の薬師さん。おかげで、母は安心して送り出せます」

にこりとラドミアは微笑み。それから、ふっと表情が改まった。

「実はもう一つだけ。薬師さんにお話が――」


「失礼します」

扉をノックし、カートを押しながら中に入る。そこには、ベッドに腰掛けるルミレアと、そのそばに立つマドリリがいた。

「義肢《ぎし》の取り外しは終わってるよ」

「ありがとうございます、マドリリさん」

ルミレアの言葉に、マドリリはウインクで応《こた》えて「またな」と部屋を出た。

その背に、私も声をかける。

「すみません、遠くからわざわざ」

「なに。こいつが必要なくなるかもしれないなんて、こんな良いことはないじゃないか」

そう、自分が作った義肢を軽く撫でながらマドリリは笑った。

遠ざかるマドリリの背中を見送り、ルミレアに向き直る。

彼女は柔らかな笑みを浮かべながら、こちらを見つめていた。記憶を取り戻してからも、ルミレアは大きく変わることもなく優しく、穏やかで、そして強い。きっと、記憶の有無《うむ》にかかわらず、それが彼女という人の芯なのだろう。

「ルミレアさん……本当に、いいんですか？」

カートの上に置かれた薬をちらっと見て、私は訊《たず》ねた。

「これを飲むことで——エルフとしての寿命が、大きく損《そこ》なわれてしまうことは……」

小瓶に入った薬液。それは、治癒再生の秘薬とされるハイポーションだった。

幻とまで言われるその薬を作ることができたのは、ラドミアのおかげだった。父親の形見としてルミレアが受け取った結晶は、エルフの体内で造られるものであり、それこそがハイポーションの原材料となるのだと、ラドミアは言った。

(「エルフの肉体を材料とした万能薬」というのは、ある意味では存在したというわけか——)

だがそれは、欲望から生み出されるようなものではなく、もっと純粋な願いのような存在で。

そして同時に、単なる万能薬と言えるような生優しい代物《しろもの》でもなかった。

欠損や内臓の損傷さえも巻き戻しに近い回復を見込めるとされるが、それには大量の魔力《マナ》や寿命の爆発的な消費を引き換えとする——正《まさ》に諸刃《もろは》の剣《つるぎ》だ。

「……ルミレアとしての記憶が戻ってなお、わたしの願いは変わっていません。アダム先生から この薬の説明を受け、それでも『治したい』と答えた、あの日から……」

「——そうですか」

ルミレアの意志は固い。以前から、薬とそのリスクについて知れていたというのも大きいだろう。なにしろ、短期間で決められるような話ではない。

今回、薬の精製について世話になったことといい、アダムスカにはまた当分頭が上がらない。

多分ずっと、この先もだが。

「では……」

瓶の蓋《ふた》を開け、手渡す。瓶からは、甘く澄んだ香りが漂ってきた。

ルミレアは右手でそれを受け取ると、ほとんど躊躇《ちゅうちょ》することなく口をつけた。思わず、ぐっと目を瞠《みは》る。

こくんとルミレアの喉《のど》が鳴る。二度、三度と——そして、その身体が黄金色に発光した。

「……っ」

魔力《マナ》の膨大《ぼうだい》な流れ——膨《ふく》れ上がっては同時に弾《はじ》けていく。私に分かるのはそれだけだ。あまりに眩《まばゆ》く、目も開けていられない。

「ルミレアさん！」

叫んだのはほとんど無意識だった。同時にカッと一際《ひときわ》強い光を感じる。時間にして一分か……その前後。あっという間とも、長いとも感じられるその時間を経て。

光の奔流《ほんりゆう》は、唐突に収まった。

(なにが、どうなって)

霞《かす》んだ目をこすり、凝《こ》らす。

目の前には女性がいた。もちろん、ルミレアだ。ルミレアに間違いない。

白く細い二本の腕に、患者着からすらりと伸びた両の脚。振り返ってこちらを見つめるのは、翡翠《ひすい》色をした双眸《そうぼう》。

「……ッ」

身体が震えるほどの喜びがあることを、この瞬間初めて知った。

「わた、し」

ルミレアは怖々と──それからじっと、自分の身体を見下ろした。両手を動かし、踵《かかと》を浮かし──それが本当に、自分のものであるのかを、確かめるように。

その表情が、今にも泣きだしそうな笑顔に変わって、こちらを向いた。

「薬売りさん……っ！」

ルミレアが両腕を広げて、駆け込んでくる。抱き留めようとしたところで――「きゃっ」と悲鳴を上げて、つんのめった。慌てて、倒れる前に手で支える。

「大丈夫ですか？」

「は、はい。その……まだちょっと、勝手が」

赤くなるその顔と、目が合う。

お互い、どちらからともなくふっと笑って、私は今度こそ思いきり、その身体を抱きしめた。

柔らかな温かさ。私を抱きしめ返す細い腕の、力強さ。それを、全身で感じる。

「薬売りさん、薬売りさん……！」

「はいっ、本当に……良か……ッ」

声が喉に詰まって、上手《うま》く話すことすらできない。

あぁ――まさか、こんな日が来るなんて。

ルミレアと出会った当初、「リズレ」という渾名《あだな》に込めたものは、ただの切実な願いだった。

手足を動かすことも、見ることも、会話することも、笑うことすらできなかった彼女と――

今こうして満面の笑みを浮かべながら、抱きしめ合える。

これは、なんという奇跡だろう。

「薬売りさん」

少し落ち着いたら疲れたのか、ルミレアはそっとベッドに腰掛けた。身体が離れた代わりに、こちらを真っ直ぐに見つめてくる。

「わたし、身体が治ったらお願いしようと思っていたことがあるんです」

「私に、ですか？」

「はい」

頷いた彼女は、少し恥ずかしげに目を逸《そ》らした。いや、もしかしたら不安なのかもしれない。

私は黙って、言葉を待った。

「薬売りさんが、わたしにつけてくださった名前……またわたしのことをリズレと呼んでくださいますか？」

「え……いや、でも。アレは……苦し紛《まぎ》れの仮のもので。今となっては……」

どんな願いだって二つ返事で叶《かな》えてしまうくらいの気持ちだったが、そればかりはかえって申し訳がなくて、思わずそんなことを言ってしまった。

なにより、彼女にはもう記憶もあり、渾名をつけたあの頃とは、なにもかもが違う。だが、ルミレアは微笑みを浮かべ譲らなかった。

「いいんです。あなたが大切な約束を守ってくれたことを、いつでも……その。思い出せるので……」

それを聞き、「あぁ」と思う。

そうだ。これで私が彼女にした最大の約束は、果たされたのだ。

もう彼女は私の患者でもなんでもなく、ただの一人の女性となった。

これから先の人生は、彼女自身のものだ。

「分かりました、リズレさん」

頷《うなず》くと、リズレの顔はパッと明るくなった。それを見て、思わず胸が熱くなる。

「実は……私からも一つ、お願いがありまして」

「薬売りさんの……お願い」

こちらを見つめる瞳は、まるで宝石のようだ。

本当に、良いのだろうか。こんな願いを口にしても。それはこの輝きを、汚してしまうことになるのではないだろうか。

私にへばりつく過去。それを知ってなお赦《ゆる》しをくれた彼女。その優しさを利用した自分の身勝手さ――だが、前に進もうとするその強さをそばで見つめるうちに、囚《とら》われ続けることの弱さにも気づかされた。

『わがままに付き合わせて悪かったな』

不意に、耳元で恩人の声が聞こえた気がした。

それは、長い戦いの末に倒れた彼が、死の間際《まぎわ》に言った言葉だった。

『これからは……好きに生きろ』

当時はこの言葉に絶望し……惑《まど》い、悩み。結局、自分が行ってきたことの贖罪《しょくざい》から、薬師になることを選んだ。

だが今は。

同じその言葉が、軽やかにこの背中を押してくれた——そんな気がした。

「リズレさん」

ベッドの前に跪《ひざまず》き、目線の高さを合わせる。その両手をゆっくり握り、真っ直ぐに瞳を見つめ返した。そして。

「貴女を……心から愛しています。これからも私と、ずっと一緒に暮らしてください」

口から出た言葉。思ったよりも、心は平静だった。念のため「今度は患者ではなく……」と付け加える。

「その……伴侶《はんりょ》として」

リズレは、ポカンとしているように見えた。果たして、伝わっただろうか——そう思う間もなく、その表情がくしゃりと歪《ゆが》む。

「……っ、はい」

頬を染めて頷く、その顔が。

「わたしも——同じ、気持ちです」

震えた声で答える唇が。

そっと、わたしのものと重なった。

「……！」

握った手に、力が込もる。相手もまた、握り返してくる。交わす瞳。うるんだそれに、互いの顔が映り込む。

ゆっくりと顔を離すと、リズレは自分の唇を指先でそっと触った。それから急に顔を真っ赤にして、「はうぅ」と呻《うめ》く。

「す、すみません……わたしったら、思わず」

「いえ、その。とても……嬉しい、です」

たぶん、自分も同じような顔をしているのだろう。

リズレは大きな瞳を上目遣《うわめづか》いにこちらへ向け、それから顔と同じように真赤になった耳をぴこぴことさせた。

「……おそばに置いていただけるだけでいいと思っていましたが……こうしてみると、本当に幸せで……もっと欲張ってしまいそうです」

「リズレさん、けっこう食いしん坊ですもんね」

思わず茶化すようなことを言ってしまったのは、そんなことを言う彼女があまりにも可愛く、愛《いと》おしかったからなのだが。「またそうやってごまかす」と怒られてしまった。

「そろそろ、名前くらい教えてください！　薬売りさん」

「え？　あ、はい。その……」

かつて訊《き》かれても、短い付き合いだとはぐらかして伝えなかった本当の名。思えば長いこと、リズレは辛抱《しんぼう》してくれていたのだ。

「私の名前は――」

＊＊＊

夕暮れ時になると、耳を澄ませるのが最近のリズレの日課だった。

あの日、薬売りさんと結ばれ。工房に帰った二人は夫婦として暮らすようになり、六年ほどの月日が経っていた。

薬売りさんは、未《いま》だに薬師として人々を助けている。今のように材料を集める旅で留守にすることもあるが、その間は治癒魔法の使い手としてリズレも患者を診《み》ていた。もっとも、患者はよその人々だけでなく、無茶な荷運びをしては肩を傷《いた》める夫もだが――。

小さかった集落は、今や街と呼べるほどに大きくなった。

エルフもまた、なにかが変わったようだ。以前ほどの排他性は薄れ、多少里からの出入りに寛容になったようだ。イドリアや母が、ここまで訪ねてきてくれたことさえある。

イドリアは警兵団としての務めに更に邁進《まいしん》していたようで、とうとうリズレをはじめとする奴隷として買ったエルフたち――また他の種族らをも嗜虐《しぎゃく》していた、イルダ人の領主貴族を見つけ、捕縛した。エルフの流儀で、然《しか》るべき報《むく》いを受けさせたとだけ、リズレは聞いた。ようやく――本当に忘れられる。そう、イドリアに感謝した。

変わらないものもある。アネさんやモネちゃんとは、今もご近所さんとして交流がある。リズレが工房に帰ってきたことを一番に喜んでくれたのも、彼女たちだ。

「――あ」

ぴくりと、耳が揺れる。音がした。待ち焦《こ》がれた足音。遠くに、手を振る夫の姿が見えた。

「お帰りなさい、薬売りさん」

呼んでから「あっ」と、小さくはにかむ。今もって、つい言い間違えてしまうのだが、その度《たび》に子どもたちからクスクスと笑われてしまう。

「おかえりなさい、お父さん！」

「パーパ！」

五歳になる娘と、まだ二歳の息子はそう言うと、父親目がけて走りだす。買い出しの荷を背負いながらも、夫は我が子らを二人とも肩と腕に抱き上げた。さっそくお土産《みやげ》にともらったのか、木彫りのドラゴンを見つめる息子の目は輝いている。

「ただいま、リズレさん」

リズレが三人のもとに追いつくと、彼は優しく微笑んだ。リズレもまた、同じ笑みを返す。

「お帰りなさい——アレンさん」

リズレ・ルミレア・ティルディーンとして生きることを選んだあの日から。リズレの日々は、かけがえのない貴重なものへと変わった。きっと、手放したエルフとしての寿命よりも、ずっと。

こうして、アレンさんの隣を歩く度に、それを噛みしめずにはいられない。

そしてそのかけがえのない時間を、わたしたちは共に生きている。そして、これからも。

悪夢のような——夢であってほしいと願う日々もあった。それを乗り越えることができたのは、他でもない。今隣にいる、この人のおかげ。

あなたの手が。その、苦労を刻んできた、大きな温かな手が。

わたしと、そして二人の大切な子どもたちを包み込むとき、わたしはそれを一層、強く感じるんです。

ねえ、アレンさん。

わたしは、今。

——とても幸せなんですよ。

アレン・ティルディーン
リズレ・ルミレア・ティルディーン夫妻手記

あとがき

こんにちは、この度《たび》ノベライズ版の執筆を担当させていただきました、綾坂《あやさか》キョウです。

薬売りさんやリズレさんをはじめとする、魅力的なキャラクターたちと奥深い世界をもつ『ボロボロのエルフさんを幸せにする薬売りさん』という作品を、小説という形で執筆させていただいたことは、わたしにとってとても楽しく、そして幸せなことでした。


さて、作中では薬売りさんが、工房で薬草なども育てていたりします。

薬草、ざっくり言うとハーブです。

わたしもかつて、ハーブを育てたことがあります。ミントです。「ミント爆弾」とも恐れられる、凄《すさ》まじい繁殖力をもった植物です。

枯れました。枯らしてしまいました。育て始め、一年も経《た》たない頃のことでした。

「え……ミントって枯れるの？」と、かなりびっくりしました。冬でもないのに？

思えば、小学生の頃からサボテンなどを買ってきては、枯らしてしまうわたし。薬売りさんが、植物を育てるのを得意とする「緑の指」の持ち主だとしたら、綾坂の指は黒です。漆黒《しっこく》です。かなしい。

植物を育てるには観察力と気遣《きづか》いが大切だと聞くので、そういった力が根本的に足りないのでしょう……そう考えると、薬売りさんが薬草や野菜を育てるのが上手なのにも納得ですね。

ちなみに、真っ黒に枯れたミントは、自然と翌春に、また青々とした葉っぱを茂らせてくれました。強い。

結びに。

ノベライズ版を執筆するにあたり、丁寧《ていねい》にご監修いただき、そのうえでのびのびと書かせてくださった、原作者であり、本書の美しく素敵な表紙や挿絵を描いてくださったぎばちゃん先生。そして、『エル薬』の世界を小説という形で、どうすればより一層魅力的に表現できるか共に頭をひねりながら、作品づくりを進めてくださった担当さん。書籍化を喜び、お祝いしてくださった方々。本書を手に取ってくださった皆さま。

大変、ありがとうございました。

原作を読みながら、リズレさんと薬売りさんを応援し、ときに涙し、胸いっぱいになったあの感動を、本書を通して味わっていただけると嬉しいです。

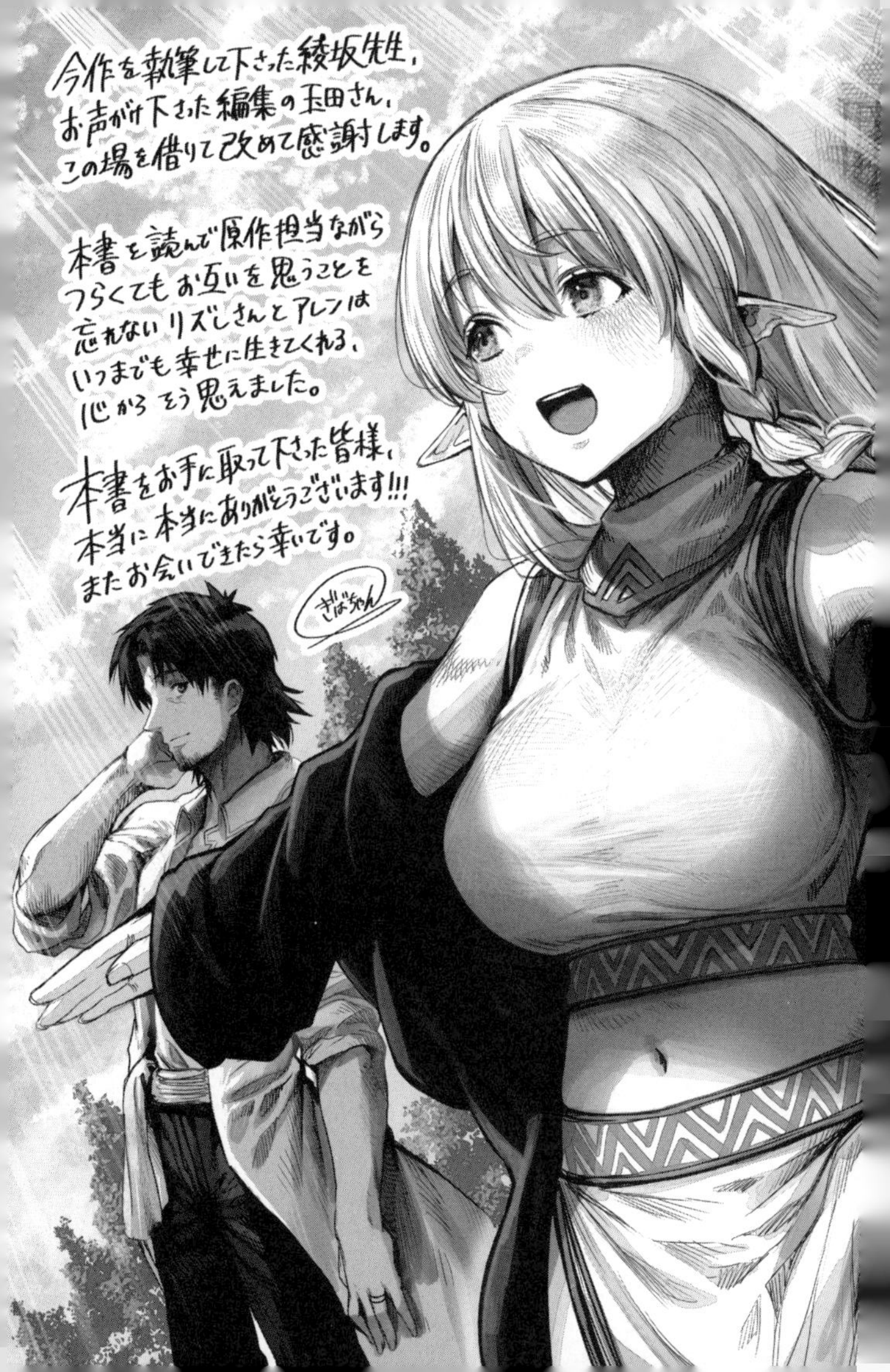
今作を執筆して下さった綾坂先生、
お声がけ下さった編集の玉田さん、
この場を借りて改めて感謝します。
本書を読んで原作担当ながら
つらくてもお互いを思うことを
忘れないリズレさんとアレンは
いつまでも幸せに生きてくれる、
心からそう思えました。
本書をお手に取って下さった皆様、
本当に本当にありがとうございます!!!
またお会いできたら幸いです。
ぎばちゃん

祝!
小説化
記念!

豪華寄稿陣による

『ボロボロのエルフさんを
幸せにする薬売りさん』

スペシャルアート集!!

碇マナツ
92M
桜井のりお
40原
じゅん
タケウチリョースケ
千種みのり
肉丸
猫麦
八木戸マト

豪華作家陣によるスペシャルアートは次ページより!

漫画家・イラストレーター　碇マナツ氏

イラストレーター・漫画家　92M氏

小説の刊行、おめでとうございます！
「ボロボロのエルフさんを幸せにする薬売りさん」は、
SNSにて連載されていた頃、大変刺激を受けた作品でした。
この度はお声かけいただき、光栄です。
リズレさんの健気で儚い姿が、心にクるんですよね…。
幸せになってくれて、本当に良かったです。
ぎばちゃん先生の今後のご活躍にも期待しています！
92M

漫画家　桜井のりお氏

「ボロボロのエルフさんを
幸せにする薬売りさん」
小説版発売
おめでとうございます!
桜井のりお

イラストレーター　40原氏

イラストレーター　じゅん氏

「ボロボロのエルフさんを
幸せにする薬売りさん」
小説発売おめでとうございます。
Jun

「ボロボロのエルフさんを幸せにする薬売りさん」
祝!小説化!!
この度は
「ボロボロのエルフさんを幸せにする薬売りさん」小説化!!
おめでとうございます〜!!こういったカタチで
ぎばちゃん先生の作品に携われた事、大変光栄に思います。
これからも!ぎばちゃん先生の活躍!応援してます!!
タケウチリョースケ

イラストレーター　タケウチリョースケ氏

イラストレーター・漫画家　千種みのり氏

『ボロボロのエルフさんを幸せにする薬売りさん』
小説発売おめでとうございます!!
千種みのり

漫画家　肉丸氏

漫画家　猫麦氏
ナデナデ
ニマニマ
パタパタ
耳が勝手に…っ
すみませんっ
ボロボロのエルフさんを幸せにする薬売りさん
小説発売おめでとうございます！
この連載が始まった瞬間、リズレちゃんへの
母性が大爆発しました。
幸せにしてあげたーい!!!
ぎばちゃん先生、リズレちゃんを幸せに
してくれてありがとう！！！
猫麦より

漫画家　八木戸マト氏

『ボロボロのエルフさんを
幸せにする薬売りさん』
小説版 刊行 おめでとう
ございます!!
リズレちゃんが 幸せに
なる所を 見れて
自分も 幸せです!!!
これからも 応援してます!
2023.1

この作品の感想をお寄せください。

あて先　〒101-8050　東京都千代田区一ツ橋2-5-10
集英社　ダッシュエックス文庫編集部　気付
ぎばちゃん先生　綾坂キョウ先生

原作マンガを
ぎばちゃん先生
全面監修の元
フルカラー化!!
で、用件はなんなんだ
まぁお嬢さんから厄介なモン押しつけられちまってね
コレ。
散々弄ばれて捨てられたエルフだ
中!!
本書だけの
新規描きおろし
マンガ＆イラスト
掲載!!

助け…て
カバーはこちら!!!!!
ぎばちゃん
Gibachan
ボロボロのエルフさんを幸せにする薬売りさん
Dying elf & apothecary
デジタル限定コミックス
『ボロボロのエルフさんを幸せにする
薬売りさん　カラー版』
（ヤングジャンプコミックスDIGITAL刊）
大好評発売
リズさん

ダッシュエックス文庫

ボロボロのエルフさんを幸せにする薬売りさん

原作・イラスト　ぎばちゃん
小説　綾坂キョウ

2023年12月27日　第1刷発行

★定価はカバーに表示してあります

発行者　瓶子吉久
発行所　株式会社　集英社
〒101−8050　東京都千代田区一ツ橋2−5−10
03（3230）6229（編集）
03（3230）6393（販売／書店専用）03（3230）6080（読者係）
印刷所　TOPPAN株式会社

ISBN978-4-08-631535-7 C0193

それじゃあ行ってくるよ
ギィ…
くれぐれも…
無理はしないでくださいね
気をつける…リズの方もね
もう一人の身体じゃないんだから…
ふふっ
………
わかってますよ!

いってらっしゃい
…アレンさん
to be continued…